IT'S A 10, BABY!

Bibliografische Information der Deutschen Nationalbibliothek: Die Deutsche Nationalbibliothek verzeichnet diese Publikation in der Deutschen Nationalbibliografie; detaillierte bibliografische Daten sind im Internet über www.dnb.de abrufbar.

„Herstellung und Verlag: BoD – Books on Demand, Norderstedt"

ISBN: 978 3756 2317 68

IT'S A 10, BABY!

LITERATUREN UND GESCHICHTEN AUS
ZEHN JAHREN MISCHMASH

Ricarda Brücke
Thanassis Kalaitzis
Jörg Olvermann
Judith H. Strohm

Inhaltsverzeichnis

VORWORT _ **9**

MEIN LIEBLINGSPROGRAMM: RICARDA BRÜCKE _ _ _ _**10**

MEIN LIEBLINGSPROGRAMM: JÖRG OLVERMANN _ _ _**11**

MEIN LIEBLINGSPROGRAMM: THANASSIS KALAITZIS _**13**

MEIN LIEBLINGSPROGRAMM: JUDITH H. STROHM _ _ _**14**

Das Geschichten-Portal _ _ _ _ _ _ _ _ _ _ _ _ _ _ _ _ _ _**16**
Ricarda Brücke

Der Schwimmer _**20**
Ricarda Brücke

Aus die Maus – eine Fabel in Dialogform _ _ _ _ _ _ _ _ _**28**
Ricarda Brücke

Schloss Schwante – eine Liebesgeschichte _ _ _ _ _ _ _**34**
Ricarda Brücke

Bumsen bei Rotlicht _**40**
Thanassis Kalaitzis

Frisch gebackene Brötchen _ _ _ _ _ _ _ _ _ _ _ _ _ _ _ _**46**
Thanassis Kalaitzis

Das Märchen von der aufgetauten Frau _ _ _ _ _ _ _ _ _**52**
Thanassis Kalaitzis

Die Mondgöttin _**58**
Thanassis Kalaitzis

DJ Peter oder warum ich die Berliner Clublandschaft dann doch nicht revolutionierte _ _ _ _ _ _ _ _ _ _ _ _ _ _ _ _ _62
Jörg Olvermann

Der Backwaren-Jünger _ _ _ _ _ _ _ _ _ _ _ _ _ _ _ _ _68
Jörg Olvermann

Zwei Frauen _74
Jörg Olvermann

Nataschas Erbsensuppe _ _ _ _ _ _ _ _ _ _ _ _ _ _ _ _80
Jörg Olvermann

Abschied von etwas _ _ _ _ _ _ _ _ _ _ _ _ _ _ _ _ _88
Judith H. Strohm

Hamstern gehen in der Pfalz _ _ _ _ _ _ _ _ _ _ _ _ _92
Judith H. Strohm

Yasemin _ 100
Judith H. Strohm

Zurückkommen _ _ _ _ _ _ _ _ _ _ _ _ _ _ _ _ _ _ _ 108
Judith H. Strohm

Ankommen _ 110
Judith H. Strohm

Über die Autorinnen _ _ _ _ _ _ _ _ _ _ _ _ _ _ _ _ 114

10 JAHRE LITERARISCHE EXPERIMENTE _ _ _ _ _ _ _ 116

MischMash Online _ _ _ _ _ _ _ _ _ _ _ _ _ _ _ _ _ _ 118

VORWORT

Alles begann in einem VHS-Kurs für Kreatives Schreiben in der Boddinstraße in Neukölln, wo sich Judith, Jörg und Ricarda begegnet sind und mit ihrer ersten gemeinsamen Lesung im Café Nothaft an der S-Bahnstation Sonnenallee, bei der Thanassis im Publikum saß. Nachdem er Interesse an einem gemeinsamen Projekt und damit an einer Autor:innengemeinschaft bekundet hatte, nahmen wir 2012 dann zum allerersten Mal zu viert an dem Kulturfestival 48 Stunden Neukölln teil.

Seither waren wir jedes Jahr wieder mit einem neuen Programm dort vertreten. Auch wenn das Festival so etwas wie ein zentraler Fixpunkt für uns ist, haben wir doch auch immer wieder andere Leseveranstaltungen an unterschiedlichen Orten organisiert: in Kneipen, Cafés, Galerien, Schrebergärten, Backstuben und Bibliotheken. In Bezug auf unser konzeptionelles Arbeiten ist unser Name MischMash Programm. (Der Name wurde übrigens von dem Limo-Cola-Mischgetränk inspiriert, das einer von uns nach einer frühen Lesungen in der Astra Stube Neukölln bestellte, als wir noch namenlos auftraten.)

MischMash steht für unsere Verbindung untereinander und die Durchlässigkeit gegenüber anderen Kunstformen und Künstlern. So haben wir uns unter anderem von Photographie, Film, Musik, (Genre-)Literatur und Körperarbeit inspirieren lassen und mit bildenden Künstler:innen, Filmemacher:innen, Musiker:innen und Tänzer:innen kollaboriert. Während unseres gemeinsamen Schaffens haben wir zahlreiche spannende Konzepte und Geschichten entwickelt.

Für dieses Buch haben wir die letzten zehn Jahre noch einmal Revue passieren lassen. Jede/r von uns stellt hier nicht nur ihr/sein jeweiliges Lieblingsprogramm aus dieser Zeit vor, sondern hat auch die Lieblingsgeschichte der anderen Autor:innen und von sich selbst ausgewählt. Wir präsentieren hier also im wahrsten Sinne das Beste aus einer Dekade. IT'S A TEN, BABY!

Viel Spaß beim Lesen.

MEIN LIEBLINGSPROGRAMM: RICARDA BRÜCKE
„Stelldichein - Die Laubenlesung / Perspektivwechsel" (2013)

Es ist 2013 und das zweite Jahr unserer Schaffensphase. Um zu erklären, wie wir damals gearbeitet haben, muss ich noch ein Jahr zurückgehen. 2012 haben wir mit unserem allerersten Programm „Endstation Garten Eden?" im Kleingarten „Hand in Hand" in Neukölln gelesen. Unser Publikum durfte am Eingang zum Garten eine farbige Karte ziehen, die vorgab, auf welcher Route es sich befand und welche Geschichten es demnach zu hören gab. Jede Route führte schließlich zum „Paradiesbaum", an dem nicht nur jede/r einen Apfel-Lolli pflücken, sondern auch auf einem Papierstreifen einen persönlichen Wunsch hinterlassen konnte.

Ich erwähne dies deshalb, weil wir 2013 dann mit diesen Wünschen gearbeitet haben. Jeder von uns vieren hat aus den gesammelten Papierstreifen einen Wunsch gezogen und eine Geschichte dazu geschrieben. Die Wünsche waren: „Frisch gebackene Brötchen", „Amours Toujours", „Liebe und Zugehörigkeit finden und zulassen" sowie „Bei meiner Familie bleiben". Damit nicht genug. Im nächsten Schritt haben wir uns die drei Ausgangsgeschichten der anderen Autoren angeschaut und einen „Perspektivwechsel" vorgenommen. Das heißt, wir haben uns eine Nebenfiguren aus den Texten ausgesucht und aus ihrer Perspektive eine neue Geschichte geschrieben. Die konnte dann tatsächlich die gleiche Situation wie in der Ausgangsgeschichte aus einem anderen Blickwinkel erzählen oder aber auch komplett neue Handlungszusammenhänge erforschen.

Ich fand die Ergebnisse unglaublich inspirierend und habe auch direkt zwei Geschichten von Judith und Jörg aus dem Programm für dieses Buch ausgewählt. Die Stories stehen jetzt natürlich nicht mehr im Gesamtzusammenhang, entfalten aber auch für sich allein - wie ich finde - eine große Wirkung.

Unsere Leseerfahrung in diesem Jahr ist mir ebenfalls sehr positiv in Erinnerung geblieben. Wir waren in der Bäckerei „Neuköllner Backstube" in der Friedelstraße und haben hinten in der Backstube in einer sehr intimen Atmosphäre gelesen.

Wir hatten dort zudem Roey Victoria Heifetz als Gast, die unsere Lesung mit ihrem Live-Painting begleitet und die entstandenen Bilder in der Backstube ausgestellt hat. Ich finde, 2013 kam ganz besonders gut zur Geltung, wofür MischMash als Künstlerkollektiv steht, nämlich für Kollaboration und Inspiration auf verschiedenen Ebenen: zwischen den Autoren und dem Publikum, den Autoren und anderen Künstlern sowie auch zwischen jeder/m von uns vieren.

MEIN LIEBLINGSPROGRAMM: JÖRG OLVERMANN
Time flies (2019)

Im Jahr 2019 erzählten wir die Geschichte der Band Shallow Waters, die Silvester 1999/2000 am Brandenburger Tor mit dem Jahrtausendwendepublikum ihr One Hit Wonder "Seeing Right Through You" feiert. Doch schon am nächsten Tag ist alles vorbei. Die Band bricht auseinander.

CUT – Blick zurück: Wie fand die Band zusammen? Welche Geschichte verbindet die vier Bandmitglieder Yorlanda, Rook, Sarah und Arty? Und wie kam es zum Gig auf der Silvesterbühne? Was mag der Auslöser für das plötzliche Ende sein?

CUT – Blick nach vorne: In einem Videocall 2029 sprechen sie wieder miteinander. Gibt es eine Versöhnung? Oder gar ein Revival?

CUT – Blick in die ferne Zukunft: In einer interaktiven History-Lesson wirft ein Voderator einen analytischen Blick auf die Entstehungsgeschichte dieser Band, die es vielleicht niemals gegeben haben wird.

Time Flies war ein Programm wie gemacht für uns. Wir durften ganz aufgehen in unseren Figuren und ihren Geschichten, einen wilden Ritt durch die Zeitebenen wagen und am Ende gemeinsam auf der (Lese) Bühne ein facettenreiches Gesamtkunstwerk performen.

Time Flies war unendlich kreativ und kooperativ. Der Bandname

„Shallow Waters" entstand bei einem Adventsspaziergang an der Spree in Oberschöneweide. Noch am selben Abend schrieben wir gemeinsam mit unserer Freundin Katie Dudgeon die Lyrics für den Song „Seeing Right Trough You". Mit KelseyBrae fanden wir eine Singer-Songwriterin, die unsere Zeilen in einen Song verwandelte und mit Anisha Cornips ein Filmtalent für eine Musikvideo-Produktion am Spreeufer (wo ich mir übrigens den Sonnenbrand meines Lebens holte).

Time Flies und MischMash haben viel gemeinsam. Auch wir vier Autoren sind ja im Grunde Bandmitglieder, vier sehr einzigartige Persönlichkeiten, verbunden durch unsere Lust am Schreiben und durch eine Freundschaft, die anregend und aufmunternd ist wie ein Pop-Song.

Link zum Video „Seeing Right Through You": QR CODE scannen

MEIN LIEBLINGSPROGRAMM:

THANASSIS KALAITZIS
PHOTOSHOPPING (2012 ff.)

In einer Welt, in der viele Geschichten mit Bildern erzählt werden, diskutierten wir seinerzeit darüber, ob der Spruch „ Ein Bild sagt mehr als Tausend Worte" tatsächlich berechtigt ist. Es wurde schnell klar, als wir uns gegenseitig zufällig gemachte Bilder zeigten, dass jede:r von uns eine andere kleine Welt sah, die scheinbar ihren Kulminationspunkt in einem banalen Snapshot gefunden hatte.
We agreed to disagree.
Ein Bild, einigten wir uns also, erzählt multiple tausend Worte. So entschieden wir uns, diese Vielfalt möglicher tausend Worte zu Geschichten zusammenzusetzen, welche diesen Moment eines Fotos ins Leben rufen könnte. Und weil wir vier Autor:innen sind, eben nicht nur ein Leben, sondern gleich vier Leben.
Wir beschlossen also, ein beliebiges Foto auszuwählen und je vier Geschichten dazu zu erzählen, die ein literarisches Multiversum erschaffen würden.

Eine andere wichtige Idee des Konzeptes „Photoshopping" liegt in seinem Namen begründet. Viele Bilder werden für ihre Botschaft, ihre „Erzählung" angepasst, bearbeitet und verändert. Wir wollten diese Bearbeitung durch eine zweite, unsere Kunstform, die Literatur, erreichen, also die Bildbearbeitung („photoshoppen") literarisch vornehmen. Und weil wir uns für eine literarische Produktionen anderer Medien bedienen, sind wir bei unseren Photos shoppen gegangen. Der Anspruch, Literatur mit anderen Künsten zu verbinden, war uns dabei wichtig, denn alle Künste haben immer schon alle Künste inspiriert.

Dementsprechend entstanden in den folgenden Jahren weitere Programme, die auf Songs und Videos beruhten (Savemelyrics24.nk - 2016) oder etwa auf Horrorfilmen (Im Banne der Schatten -2018).

Von hier war es ein scheinbar kleiner Schritt, das Quartett mit anderen Künstler:innen zu verbinden und Literatur und Musik, Bildende Kunst, Film und Tanz mit unserer Arbeit zu verbinden.

Wiederum zeigte sich, dass Inspiration entsteht wenn sich künstlerische Produktionen gegenseitig ergänzen und zusammenwirken.

Für unser Publikum war das Programm „Photoshopping" eines der beliebtesten, weil mit dem Blick auf die gemachten Fotos eine kreative Resonanz entstand, die eigenen Geschichten im Kopf mit den produzierten und vorgestellten Geschichten zu verbinden. Daraus entstanden immer wieder die lebendigsten Gespräche darüber, wie Geschichten mit der „Realität" wechselwirken und wie sie „Realität" kreieren.

Das Programm wurde mit weiteren Bildern 2013 noch einmal aktualisiert und floss konzeptuell auch in das Programm „Sonnenallee: Augmenting reality" 2018 ein.

MEIN LIEBLINGSPROGRAMM: JUDITH H. STROHM
Endstation Garten Eden (2012)

Noch immer ist mein liebstes MischMash-Programm unser allererstes. Wir fanden uns im Jahr 2012 erstmals zusammen, um mit unserem Programm „Endstation Garten Eden?" am Festival 48 Stunden Neukölln teilzunehmen. Schon dieses erste literarische Projekt beinhaltete vieles von dem, was uns und unsere Texte bis heute ausmacht.

Mit geradezu kindlich-kreativer Spielfreude ließen wir uns auf das Festivalmotto „Endstation Paradies" ein und schickten unser Publikum schließlich auf unterschiedlichen Wegen durch einen Neuköllner Kleingarten. Die literarischen Routen trugen Namen wie „Irre Wege", „süpersündik" oder auch „Fegefeuer der Eitelkeiten". An vier literarischen Stationen konnten sich die Besucherinnen und Besucher ihre Geschichten abholen und nicht wenige schlugen nach der ersten Runde gleich die nächste ein, um auch ja keinen Text zu verpassen.

Am Ende erreichten alle den Paradiesbaum, von dem sie sich einen Lutscher pflücken durften und in dessen Schatten sie dem Gitarrenspiel von Daniele Melchiori lauschen konnten.

Seither haben wir mit vielen Künstler:innen und Kreativen zusammengearbeitet, mit einem Grafiker, einer Malerin, einer Filmemacherin, einer Musikerin, einem Tonmeister. Sie alle haben sich auf unsere Geschichten eingelassen und ihrerseits unsere Literatur ergänzt und bereichert.

Seit zehn Jahren fiebern wir der Bekanntgabe des Festivalmottos entgegen. Manchmal freuen wir uns, manchmal ärgern wir uns und fühlen uns doch immer inspiriert und angespornt, das Festivalmotto zu unserem eigenen zu machen. Auch wenn wir die meisten unserer Geschichten in Heft- oder Buchform oder auch im Audioformat veröffentlicht haben, so lebt unsere Literatur doch immer von der Aufführung, der Interaktion mit dem Publikum – ob im spanischen Restaurant, im Biergarten, in der Bar oder der alten Bäckerei. Dass die Kleingartenkolonie, in der wir 2012 unsere erste Lesung veranstalteten, längst dem Rütli-Campus gewichen ist, unterstreicht das Performative und auch Flüchtige unserer Literatur. Sie findet im Moment statt.
Und so freuen wir uns auf die vielen Momente, die noch kommen werden, mit neuen Festivalmottos, neuen Künstlerkooperationen und an neuen Orten.

Das Geschichten-Portal

Ricarda Brücke

Projekt Photoshopping (2012)
ausgewählt von Judith H. Strohm

Die Augustsonne färbte den Asphalt golden, als Elsa mit schnellen Schritten die Choriner Straße hinunter lief. Sie kam direkt aus der Agentur, hatte heute früher Schluss gemacht, musste zu ihrer Freundin Kim. Ein Notfall. Kim war mit den Nerven am Ende, und das schon seit geraumer Zeit. Genauer gesagt, seit sie Mutter eines Schreikindes geworden war. Sie war bereits bei zahlreichen Ärzten, Homöopathen und Gurus gewesen, doch bislang hatte kein Ansatz Wirkung gezeigt. Beim letzten Mal hatte ein karibischer Exorzist versucht, den „Gewittergeist", der das Kind wohl besetzt hielt, auszutreiben. Elsa fragte sich, was für eine Geschichte sie diesmal zu hören bekam. In ihrer Tasche vibrierte das Handy. Oh, neee, das war sicher wieder ihr Chef! Elsas Hand suchte das Telefon. Schlimmer, es war ihre Mutter. In dem Moment, als sie die grüne Taste betätige, ergoss sich ein Wortschwall in Elsas Ohr. Es hatte einen Wasserrohrbruch gegeben.
„Das ist jetzt der Dritte in unserer Familie", ereiferte sich ihrer Mutter, „erst bei Tante Gerti, dann bei Oma Irmgard und jetzt hier bei mir!"
In der Tat merkwürdig. Elsa fragte sich, was das zu bedeuten hatte. Eine chinesische Glückskeks-Stimme in ihrem Kopf sagte: Stalke Gefühle blechen sich ihle Bahn. Elsa gab ihrer Mutter zu verstehen, dass sie mit ihrer schwierigen Lage sympathisierte und erklärte dann, dass sie auf dem Weg zu Kim war.
„Hat das Kind aufgehört zu schreien?", wollte ihre Mutter wissen.
„Nein? Ach, die hat's aber auch nicht leicht … Oh, der Klempner."
Elsa versprach ihrer Mutter, sie heute Abend noch einmal anzurufen. Die Mutter hatte bereits aufgelegt.

Ein Rettungswagen mit Blaulicht und Sirene fuhr an ihr vorbei. Elsa zuckte zusammen. Als sich ihre Lungen wieder mit Luft füllten, dachte sie daran, was ihrem Chef letzte Woche zugestoßen war. Nach dem Besuch bei einem schwierigen Kunden hatte er auf der Straße einen epileptischen Anfall erlitten. Minutenlang war er ohne Bewusstsein gewesen. Als er die Augen aufschlug, hatte sich eine gut aussehende, blonde Rettungsdienstfahrerin mit einer verspiegelten Fliegerbrille über ihn gebeugt. In der Brille konnte er sein totenbleiches Gesicht sehen, in doppelter Ausführung. Im nächsten Moment war Heike Makatsch neben der Rettungsdienstfahrerin aufgetaucht und hatte gefragt, ob alles in Ordnung sei. An diesem Erlebnis hatte ihr Chef noch schwer zu knabbern. Ständig erzählte er Elsa von neuen Details, an die er sich nun scheinbar wieder erinnerte. Natürlich war mit epileptischen Anfällen ebenso wenig zu spaßen wie mit Herzproblemen. Die Herzprobleme hatte Elsas Freund. Der Herzschmerz kam anfallartig. Peter führte ihn auf Stress bei der Arbeit zurück. Er arbeitete bei VW in Wolfsburg und war für die Wartung der Montagestationen verantwortlich. Ein Fließbandausfall von wenigen Minuten konnte den Autohersteller gleich mehrere zehntausend Euro kosten. Geld, das Peter zu verantworten hatte. Sie kam jetzt an dem kleinen italienischen Restaurant vorbei, in das Peter und sie öfter gingen. Zu Elsas Überraschung sah sie ihn jetzt dort sitzen, draußen unter einem weißen Sonnenschirm, der wie eine überdimensionale Parabolantenne aussah. Zu ihrer noch größeren Überraschung saß er dort mit einer unbekannten Frau, deren Hand er hielt. Herzprobleme! Peter sah sie nicht. Elsa lief einfach weiter geradeaus. Ein merkwürdiges Gefühl stieg ihre Beine hinauf. Das Gefühl durchflutete ihr Becken, drehte ein paar Runden in ihrem Bauch und schoss dann wie aus einer Wäschetrommel heraus in Richtung Brust.

Es war unklar, wie lange Elsa gelaufen war. Irgendwann fand sie sich vor einer Backsteinmauer wieder. Auf die Mauer war mit schwarzer Farbe ein großer Kreis gezeichnet worden. Elsa fiel auf, dass die Backsteine innerhalb des Kreises vibrierten. Als sie ihre Hand nach den vibrierenden Steinen ausstreckte, verschwanden ihre Fingerspitzen in der Mauer. Ohne noch einen weiteren Gedanken zu fassen, holte Elsa mit beiden Armen Schwung und sprang kopfüber durch den Kreis. Sie kam hart auf dem Bürgersteig vor ihrem Wohnhaus auf. Gerade als sie auf die Knie gekommen war und die Hautabschürfungen an ihren Händen begutachtete, öffnete sich die Haustür und der Nachbar mit der Glatze und dem Bart kam ihr mit seinem Rennrad entgegen. Es war der Nachbar, der ihr jeden Tag begegnete, der Nachbar, der immer so grimmig schaute. Elsa kannte ihn nur vom Grüßen. Warum er so grimmig guckte, das wusste sie nicht. Zu ihrer Überraschung lächelte der Nachbar heute. Er stellte sein Fahrrad ab, kam auf sie zu und nahm ihr Gesicht in beide Hände. Er drückte ihr einen Kuss auf den Mund.

„Willkommen in deiner eigenen Geschichte", sagte er.

Der Schwimmer

Ricarda Brücke

PROJEKT | savemelyrics48.nk (2015)
ausgewählt von Ricarda Brücke

Oh, here I go, don't let me go
Hold me down
It's coming for me through the trees
Oh, help me, darling
Help me, please
Kate Bush – Hounds of Love

Das Fünfzig-Meter-Becken lag vor ihr im sommerlichen Morgenlicht. Das türkisblaue Leuchten und der Chlorgeruch begrüßten sie verheißungsvoll. Um diese Zeit waren außer ihr nur ein paar Rentner im Freibad, die frühe Stunde auskostend, bevor der Mob der Ferienkinder einfiel. Links im Becken schwammen die zwei Frauen mit den turbanartigen Badekappen, rot und weiß, so wie die Pommes am Kiosk. Es gab keine Badekappenpflicht, aber vermutlich war das Gewohnheitssache. Einmal Badekappe, immer Badekappe. Lara selbst, die nun einen Zeh ins Wasser steckte, um die Temperatur zu prüfen, hasste es, wenn sie beim Schulschwimmen im Hallenbad gezwungen wurde, so ein Ding aufzusetzen. Dass man unmöglich damit aussah, konnte man noch verkraften, aber es verhinderte den direkten Kontakt zum Wasser und erzeugte das Gefühl, der Kopf würde nicht zum Rest des Körpers gehören. Auf der Bahn ganz rechts außen befand sich, wie immer, der alte Mann mit dem buschigen weißen Schnurrbart. Sie hatten begonnen sich zu grüßen, nachdem klar war, dass Lara während der Sommerferien jetzt auch jeden Tag hier herkam. Außer dem Bademeister, der in seiner weißen Kabine am Beckenrand saß und Zeitung las, war sonst niemand da. Lara hatte also reichlich Platz in der Mitte des Schwimmbeckens. Sie stieg auf den Startblock und machte einen Köpper. Die Kälte traf sie wie ein Schlag und brachte ihre Nerven zum Schreien. Sie begann zu kraulen, wechselte jedoch nach zwei Bahnen zu Brust. Hier konnte sie ihren Rhythmus besser halten und lange, kraftvolle Züge machen. Der Mann mit dem buschigen Schnurrbart, der wie der eines Walrosses im Wasser hing, kam ihr entgegen. Er schnaubte zum Gruß. Seine Augen lächelten. Lara lächelte zurück, mit dem Mund, bevor dieser durch die Vorwärtsbewegung der Arme wieder unter Wasser verschwand. Sie schwamm siebzehn weitere Bahnen Brust. Am Ende von Bahn zwanzig angelangt, stieß sie sich rücklings vom Beckenrand ab, um die Kühle des Wassers am Hinterkopf zu spüren:

„Ahhhh!"

Hübsche kleine weiße Wolken hingen am Himmel über ihr. Sie begann, die Arme aus dem Wasser zu heben. Rückenschwimmen war noch weniger ihr Ding als Kraulen. Nachher würde die sportliche Frau mit der dünnen, arztgrünen Gummibadekappe kommen, die die ganze Zeit nur Rücken schwamm. Lara erreichte nicht annähernd ihre Grazie.

Als sie sich zurück auf den Bauch drehte, befand Lara sich schon nah am Beckenrand. Über sich nahm sie einen Schatten wahr und als sie nach oben blickte, sah sie gerade noch behaarte Unterschenkel und zwei große Füße an sich vorbeifliegen. Sie drehte sich um. Dunkles Haar und das blaue Band einer Schwimmbrille. Lara kam jetzt seit zwei Wochen hier her und kannte die Leute, die vormittags zum Schwimmen da waren. Dieser war neu. Was machte ein junger Typ hier um diese Zeit und dann auch noch auf ihrer Bahn? Wo es doch mehr als genügend Platz gab. Sie wurde wütend. Diese Kerle mit ihrer Angebermasche konnte sie nicht ab. Neben den Ferienkindern waren sie der Grund, warum Lara nicht mehr nachmittags hierher kam. Die Typen stürzten sich draufgängerisch ins Wasser, schwammen zwei Bahnen in einem Affentempo ohne Rücksicht auf Verluste und meinten damit ihre immense Sportlichkeit unter Beweis zu stellen. Dann hingen sie am Beckenrand rum um zu schauen, welches Mädchen sie mit ihrer Vorstellung beeindruckt hatten. Es war einfach nur lächerlich! Der Typ hatte bereits gewendet und kam auf sie zu. Gut, das einzig Vernünftige in einem solchen Fall war: ignorieren. Sie wanderte am Beckenrand eine Bahn nach links und begann wieder zu schwimmen. Noch vier Bahnen Rücken. Sie konzentrierte sich vollständig auf die Bewegung und das Dahingleiten im Wasser. Als sie ihr Pensum erfüllt hatte und mit der Hand nach dem Beckenrand griff, sah sie wie der Kerl neben ihr eine Kehrtwende vollführte und mit langsamen, regelmäßigen Kraulschlägen davonschwamm. Lara hangelte sich hinüber zur Leiter und stieg aus dem Wasser. Ihre Beine waren schwer und fühlten sich an wie Gummi.

Am nächsten Tag hing eine dichte Wolkendecke am Himmel und es war drückend warm. Lara stellte ihre Tasche hinter einer Hecke ab, zog T-Shirt und Shorts aus und machte sich auf den Weg zum Becken. Dort angekommen, musste sie lächeln. Pommes rot-weiß links, Walross rechts. Sie fühlte das Wasser, ließ etwas davon über ihren Körper laufen und sprang. Sie war noch nicht einmal fünf Minuten geschwommen, da überholte sie jemand mit schnellen Kraulzügen. Dunkle Haare und blaue Schwimmbrille. Als er am Beckenrand Pause machte, um sich das Haar nach hinten zu streifen, sah sie breite Schultern aus dem Wasser ragen. Lara schätzte, dass er in etwa im Alter ihres Bruders sein musste. Bestimmt ein Student, der Semesterferien hatte. Christian war am Wochenende nach Brasilien geflogen, für zwei Monate, und das war nicht mal die volle Zeit seiner Ferien. Lara fand das irre. Warum konnte sie nicht schon studieren? Drei Jahre noch bis zum Abitur. Drei lange Jahre und Sommerferien, die zu kurz waren, um die Leiden des Schuljahres aufzuwiegen. Und auch während dieser sechs Wochen kam sie nicht raus. Ihre Mutter konnte sich keinen Urlaub leisten. Sie war außerdem zu krank, um wegzufahren. Und Lara konnte keinen Ferienjob annehmen, weil sie ihre Mutter nicht so lange allein lassen durfte. Das einzige, was blieb, war diese eine Stunde im Schwimmbad jeden Morgen.

Der Schwimmer kam ihr entgegen. Da waren die leeren Klötze der Schwimmbrille und das Gefühl, dass sie aus der dunkelblauen Tiefe heraus etwas anstarrte. Ihr Gesicht wurde heiß. Hatte sie ihn etwa zu auffällig beobachtet? Er dachte doch jetzt wohl nicht, dass sie auf ihn stehen würde, oder so? Sie blickte nach vorn. Einfach weiter schwimmen, gar nicht beachten. Sie überlegte, ob sie die Bahn wechseln sollte. Nein, das war auch zu auffällig. Und ein wenig kindisch. Wahrscheinlich hatte er sie gar nicht angeschaut. Als er wieder auf ihrer Höhe war, kam sein Kopf zum Ausatmen aus dem Wasser. Sie sah seinen geöffneten Mund. Es hatte etwas Gieriges, wie er nach Luft schnappte. Plötzlich streifte etwas ihren Oberschenkel. Ein Schauer durchlief sie. Er schwamm weiter, als sei nichts passiert, genauso ruhig und gleichmäßig wie zuvor. Lara brauchte eine ganze Bahn, um sich zu beruhigen. Viel zu schnell kam der Schwimmer wieder auf sie zu. Als er etwa drei Meter von ihr entfernt war, tauchte er unter. Sie sah ihn in einem Abstand von zwei Metern rücklings unter sich vorbei gleiten. Lara fühlte seine Blicke auf ihrem Körper. Oh mein Gott, er checkte ihre Figur ab! Sie musste raus aus dem Wasser. Sie steuerte die nächstgelegen Leiter an und stieg empor. Als sie sich noch einmal kurz umdrehte, sah sie den Schwimmer am Beckenrand, den Kopf in ihre Richtung gewandt. Schnell ging sie zum Duschbecken. Hier war das Wasser noch kälter und löschte für einen Moment den Eindruck, den der Schwimmer auf sie gemacht hatte. Sie holte ihre Sachen und verschwand damit in einer Kabine. Ihr fiel auf, dass sie Gänsehaut hatte. Lara zog den nassen Badeanzug aus und griff nach ihrem Handtuch. Dabei fiel ihr Blick in den Spiegel, der an der Kabinentür angebracht war. Was sie sah, gefiel ihr nicht besonders. Die breite Hüfte, die kräftigen Oberschenkel und die kleinen Brüste. Sie blickte schnell wieder weg. Als sie sich angezogen hatte, hörte sie in knapper Entfernung eine Frau schreien. Lara packte ihre Sachen zusammen und ging hinaus, um nachzusehen, was passiert war. Die ältere Dame mit der roten Badekappe saß auf einer Bank, neben ihr die Freundin mit der weißen, kniend auf dem Boden vor ihr, ihren Fuß in der Hand haltend, der Bademeister. Die Frau war von einer Wespe gestochen worden. Laras Mutter hatte sie gewarnt, dass sich hier Wespen im Gras versteckten, sie solle nie barfuß über den Schwimmbadrasen laufen. Genau das hatte sie eben getan. Es hätte ebenso ihr passieren können. Walross kam, Wasser triefend, vom Becken und gesellte sich zu der Versammlung. Er zwinkerte Lara zu und wandte sich mit einem guten Ratschlag an das Wespenopfer. Lara konnte sehen, dass auch der junge Mann auf den Schrei hin das Becken verlassen hatte und nun aus der Entfernung herüberblickte. Ihr fiel auf wie groß er war, bestimmt ein Meter neunzig. In diesem Moment kam, zum ersten Mal an diesem Morgen, kurz die Sonne hinter den Wolken hervor und beschien seinen Körper: die muskulösen Arme, die behaarte Brust, die schmalen Hüften. Er trug eine blaue, enge Badehose. Lara drehte sich um und ging zum Ausgang.

Am darauffolgenden Morgen hatte ein frischer Wind die Schwüle des Vortags vertrieben. Graue Wolken rasten am Himmel entlang und der Wind zerrte an den Bäumen. Ihre Mutter hatte sie fragend angeschaut, als Lara gesagt hatte, dass sie jetzt Schwimmen fuhr: „Dich kann wohl nichts aufhalten, was?" Als Lara ihr Fahrrad unter den Pappeln vor dem Schwimmbad abstellte, war sie für einen Augenblick gefangen in deren Rauschen. Sie schloss die Augen und sah die tosenden Wellen des Ozeans vor sich. Das Getöse trug sie empor. Sie öffnete die Augen, griff nach ihrer Tasche im Gepäckträger und machte sich auf den Weg zum Eingang. Als sie zum Becken kam, schwamm dort nur Walross auf seiner angestammten Bahn. Pommes rot-weiß gönnten sich wohl eine bienenstichbedingte Auszeit. Lara nahm auf dem Startblock an der Beckenmitte Platz und hielt ihre Füße ins Wasser. Heute erschien es ihr geradezu warm. Walross, der sie entdeckt hatte, hob eine Hand und rief zu ihr rüber:
„Nur wir zwei, der harte Kern, was? Von so 'm bisschen Wind lassen wir uns doch nicht beeindrucken, oder?"
„Nein!", rief Lara zurück. Der Bademeister in seiner Kabine warf ihnen einen entnervten Blick zu. Wahrscheinlich hätte er den Laden für heute lieber dicht gemacht. Lara ließ sich vom Startblock sachte ins Wasser gleiten. Sie stellte fest, dass sie sich leichter fühlte als sonst, das Wasser schien weicher zu sein und sie besser zu tragen. Das war seltsam. Diese sanfte Ruhe unterhalb der Wasseroberfläche, während oberhalb Aufruhr herrschte. Sie genoss das Dahingleiten im Wasser noch mehr als sonst. Als sie eine Weile geschwommen war, ertappte sie sich bei einem Blick auf die große Uhr oberhalb des Kiosks und dem Gedanken an ihn. Die Minuten vergingen.

Sie hatte schon nicht mehr mit ihm gerechnet, als sie hinter sich das Geräusch aufspritzenden Wassers hörte. Einige Sekunden später überholte er sie mit seinen gemessenen Kraulzügen. Als sie am Beckenrand ankam und sich umdrehte, befand sich der Schwimmer schon am anderen Ende. Während sie sich nun auf ihn zu bewegte, rührte er sich nicht von der Stelle. Er stand auf dem Absatz und schien zu warten. Sie schaute sich nach Walross um, aber der war verschwunden. Wie konnte der denn so urplötzlich weg sein? Sie schaute zum Bademeister. Auch der war nicht an seinem Platz. Sie waren allein. Als sie am Beckenrand ankam, setzte sich der Schwimmer in Bewegung. Wieder dieser Blick aus dunkelblauen Klötzen, diesmal ganz nah. Er hatte eine große Nase, mit einem breiten Nasenbein und volle, weiche Lippen. Lara hielt sich an der Wand fest und nahm ein paar tiefe Atemzüge. Waren das Regentropfen, die sie auf ihrem Gesicht spürte? Sie stieß sich mit beiden Beinen ab und ließ sich auf dem Rücken liegend treiben. Am Himmel türmten sich dunkle Wolkenberge. Ihr war, als würde sie ein fernes Grollen vernehmen. Sie hatte ihr Pensum für heute fast erfüllt. Nur noch diese eine Bahn und die würde sie so schwimmen, ohne auf ihn zu achten. Nach einigen Metern traf sie mit dem Kopf auf einen Widerstand. Ihre Beine sanken herab. Sie spürte eine gleitende Bewegung an ihrem Rücken; ihr Körper am Körper eines anderen. Sie begann wild zu strampeln. Arme umschlossen ihre Taille. Die Arme zogen sie zurück an den Rand. Der Schwimmer setzte die Schwimmbrille ab und Lara blickte in zwei blaue Augen, klar wie eine karibische Lagune. Er grinste: „Du weißt schon, dass diejenigen, die in Panik geraten, als erste untergehen, oder?" Sie schaute ihn nur an. Er umschloss ihre Taille fester. Es fing an wie aus Kübeln zu regnen.

Ricarda Brücke

Aus die Maus – eine Fabel in Dialogform

Ricarda Brücke

PROJEKT |: SONNENALLEE: augmenting reality (2018)
Ausgewählt von Jörg Olvermann

1.   Auf der Vermisstenstelle:

- „Mausi ist entführt worden!"
- „Jetzt bitte noch einmal ganz von vorne, Herr Typpke. Wann haben Sie Ihre Frau zum letzten Mal gesehen?"
- „Gestern am späten Nachmittag. Sie war gerade vom Einkaufen wieder gekommen und hatte die Salami, das Mett und den Schokopudding vergessen. Deshalb ist sie nochmal zurück zu Netto."
- „Um wie viel Uhr war das?"
- „So um fünf."
- „Und um acht Uhr haben Sie sie vermisst gemeldet? Ein langer Einkauf für so ein paar Sachen."
- „Ich dachte, sie nimmt sich Zeit."
- „Wollte Sie denn noch irgendwo anders hin?"
- „Sie sollte gleich wieder zurückkommen. Um sechs macht sie uns immer Abendbrot."
- „Und als sie nicht nachhause kam, sind Sie sie suchen gegangen?"
- „Nein."
- „Was haben Sie gemacht?"
- „Ich hab Fußball geguckt."
- „Waren Sie denn nicht in Sorge um Ihre Frau?"
- „Ich hab mich entspannt nach der Arbeit und die Zeit vergessen. Irgendwann hab ich angefangen, mich zu wundern und eine WhatsApp geschickt. Die hat sie nicht gelesen. Das Telefon haben Ihre Kollegen ja dann geortet. Lag auf der Straße."
- „Gab es Probleme zwischen Ihnen? Streit vielleicht?"
- „Hören Sie, mit Mausi und mir war alles in Ordnung. Wir haben letztes Jahr geheiratet. Auf unserer Hochzeitreise sind wir einen Monat lang mit dem Camper durch Meck-Pomm gefahren. Sie war total happy!"
- „Und außerhalb der Beziehung? Eifersüchtige Ex-Freunde, Verehrer …?"
- „Nein. Nichts davon."
- „Haben Sie irgendeine Erklärung dafür, warum sie verschwunden sein könnte?"

- „Mausi ist entführt worden!"

2.   Am Telefon:

- „Ja, hallo Herr Typpke. Frau Bieber am Apparat. Die Polizistin von der Vermisstenstelle, bei der Sie letzten Freitag waren."
- „Haben Sie sie gefunden?"
- „Wir haben eine Spur. Vom Konto Ihrer Frau sind zweitausend Euro abgehoben worden. Von einem Bankautomaten ganz in der Nähe ihrer Wohnung. Sie haben getrennte Konten, nicht wahr?"
- „Ja, haben wir. Was soll das denn jetzt heißen?"
- „Herr Typpke, Ihre Frau arbeitet als Lehrerin. Und Sie?"
- „Ich arbeite auf dem Campingplatz, seit ich es im Rücken hab und meinen Beruf als Dachdecker nicht mehr ausüben kann. Aber das hab ich Ihnen doch schon gesagt."
- „Das haben Sie und ich habe bei Ihrem Arbeitgeber angerufen. Sie arbeiten nur sporadisch da und waren letzte Woche nicht draußen in Mahlow."
- „Nein, letzte Woche nicht."
- „Aber Sie haben zu mir gesagt, dass Sie sich nach der Arbeit vor dem Fernseher entspannt haben. Erinnern Sie sich?"
- „Ich meinte, nachdem Mausi von der Arbeit gekommen war."
- „Nachdem Ihre Frau von der Arbeit kommt, müssen Sie sich entspannen?"
- „Jetzt hören Sie doch mal auf mit dieser Wortklauberei!"
- „Sie können augenblicklich eher wenig zur Haushaltskasse beitragen. Sehe ich das richtig?"
- „ – "
- „Also, ja. Hatte Ihre Frau erwähnt, dass Sie verreisen wollte?"
- „Natürlich nicht!"
- „Dann dürfte es Sie überraschen, dass Sie noch am Abend ihres Verschwindens ein Flugzeug von Tegel nach Abu Dhabi bestiegen hat."
- „Abu Dhabi? … Abu Dhabi? Ja, Mensch, verstehen Sie denn nicht, was das bedeutet?"

- „Klären Sie mich auf."
- „Mausi wurde verschleppt, um als Sklavin an einen IS-Kämpfer ver-
kauft zu werden."
- „Das erscheint Ihnen als die plausibelste Erklärung?"
- „Sie müssen die deutsche Botschaft einschalten. Sofort! Bringen Sie
mir Mausi zurück!"

3.   An der Haustür:

- „Herr Typpke, darf ich reinkommen? - Riecht ein bisschen unangenehm in Ihrer Wohnung. – Sie haben in den letzten Tagen mit Ih-
ren Beschwerden und IS-Anschuldigungen auf der Facebook-Seite
der Berliner Polizei ja ordentlich Wind gemacht. Ich denke, ich kann
heute etwas Licht in die ganze Angelegenheit bringen."
- „Glauben Sie mir endlich, dass sie entführt worden ist?!"
- „Herr Typpke, schauen Sie sich bitte mal diese Konto-Auszüge an.
Wie Sie sehen, sind vom Konto Ihrer Frau einige Beträge abgegangen.
Hotelrechnungen in Bangkok und Ko Phi Phi, Massagen, ein Tauch-
kurs, …"
- „Was?"
- „Sie ist in Thailand, Herr Typpke. Abu Dhabi war nur ein Zwischen-
stopp dorthin. Wir haben über das Hotel Kontakt zu ihr aufgenom-
men. Freuen Sie sich, Ihrer Frau geht's gut! Ziemlich gut sogar, würde
ich meinen."
- „Ich soll mich freuen?!"
- „Ja, Herr Typpke, Ihre Frau ist keine IS-Sklavin, so wie Sie befürch-
tet haben."
- „Wie kann Mausi mir nur so etwas antun?"
- „Ich denke, Sie sollten mal mit ihr reden. Wir haben mit Ihrer Frau
ausgemacht, dass sie Sie heute noch anruft."
- „Ich hab seit sie weg ist nichts mehr Anständiges gegessen."
- „Wenn das Ihre einzige Sorge ist …"
- „Nein. Der Sex, was ist mit dem Sex?"
- „Würde sagen, die Chancen stehen ganz gut, dass Ihre Frau welchen

hat.“

- „Wie kann Sie mir bloß so etwas antun?“

- „Meine Arbeit hier ist getan, Herr Typpke. Ich werde mich jetzt von Ihnen verabschieden. Auf Wiedersehen und alles Gute.“

- „Wir waren doch so happy! Mausi! Bleib hier!“

- „Lassen Sie mich gehen! Ich bin nicht Ihre Mausi. Die ist in Thailand! (Tritt über die Türschwelle aus der Wohnung)

... Und die Moral von der Geschicht'?“

- „ – “

- „Glückliche Frauen flüchten nicht.“

Ricarda Brücke

Schloss Schwante – eine Liebesgeschichte

Ricarda Brücke

PROJEKT | SONNENALLEE: augmenting reality (2018)
Ausgewählt von Thanassis Kalaitzis

Mir schwante nichts Gutes. Eddie hatte mich fürs Wochenende auf Schloss Schwante eingeladen. Ich hatte einfach „Ja!" gesagt, ohne überhaupt darüber nachzudenken. Es klang nach einer guten Idee - at the time. Nach drei Gläsern Rotwein vor dem Vin Aqua Vin. Das mulmige Bauchgefühl kam einen Tag später. Eddie und ich waren erst seit Kurzem zusammen. Wenn man das so nennen wollte. Vielleicht hatte ich zu viele blödsinnige Rom-Coms à la Bridget Jones gesehen, aber ein Wochenendtrip erschien mir mit einem Mal wie ein Upgrade an Ernsthaftigkeit in unserer Beziehung. Und anders als Bridget hatte ich da keine Lust drauf.

Hatte sich Else Weil, die anno 1912 mit Kurt Tucholsky nach Rheinsberg gefahren war, auch solche Gedanken gemacht? Es war einfach nur ein Ausflug aufs Land, sagte ich mir. Eine Gelegenheit, aus Berlin rauszukommen und die Seele baumeln zu lassen. Why - the fuck - not?

Dann saßen wir Samstag im Auto in Richtung Hennigsdorf. Die Sonne schien, Eddie fuhr und ich hatte eine Panikattacke auf dem Beifahrersitz. Im Radio lief This Can't Be Love. Nat King Cole sang: This can't be love, because I feel so well. ... This is too sweet to be love. ... This can't be love, because I feel so well. But still I love to look in your eyes. Die Dinge mit Eddie liefen zu gut, nicht wahr? Ich konnte spüren, dass er mich wirklich mochte. Nicht die Vorstellung von mir. Mich. Warum war das ein Problem?

Als wir am Schloss ankamen und unser Gepäck auf das Zimmer brachten, fiel mein Blick auf das Doppelbett mit den weißen Laken. Und ich dachte daran, dass Eddie und ich tatsächlich noch nie eine ganze Nacht miteinander verbracht hatten. Wir gingen zu ihm und dann ging ich nachhause. Obwohl er mich bat, zu bleiben.
„Trust me, I will make you the greatest coffee..."
- „I have to do my writing in the morning."
Er hatte das immer akzeptiert. Jetzt fühlte ich mich wie in eine Falle gelockt.

Eddie sagte etwas.

„Prinzessin, I will just go downstairs and talk to the guy about …"

Ich verstand nicht, worum es ging. Doch ich nickte - manisch, wie mir schien. Fuck. Prinzessin. Ich hätte Eddie nicht von der Tucholsky-Geschichte erzählen sollen. Als er aus dem Zimmer raus war, öffnete ich das Fenster - ganz weit – und atmete mit geschlossenen Augen ein paar Mal tief durch. Als ich die Augen wieder öffnete, fiel mein Blick auf den Teich, vor dem Sonnenliegen standen. Genau, ich musste einfach eine Runde spazieren gehen.

Ich lief die Treppen nach unten und raus auf die Wiese. Ich lief und lief, bis ich zu einer großen alten Eiche kam. Ein schlanker junger Mann mit Schnurrbart saß darunter und rauchte Pfeife. Wurde man selbst auf dem Land nicht von den Berliner Hipstern mit ihren merkwürdigen Requisiten verschont? Der Mann lächelte mich an. Ne, ne, ne. Du fängst jetzt kein Gespräch mit mir an.

„Sylvie", sagte er.

„Was?", fragte ich. „Woher kennst du meinen Namen?"

Ich ging ein Stück näher ran. Hatte ich hier irgendwas verpasst? Fuck. Ich ging wieder einen Schritt zurück. Ich hatte ihn nicht erkannt, weil er viel magerer war, als ich ihn kannte. Und natürlich jünger. Und im Übrigen konnte das überhaupt nicht sein. Der Mann legte seine Pfeife zur Seite und holte eine Mundharmonika aus der Westentasche. Er begann, darauf zu spielen. Ich tat wieder einen Schritt nach vorn.

„Opa?", fragte ich.

Er lächelte.

Ich rieb mir mit beiden Händen das Gesicht.

„Verdammt nochmal, Opa Kurt, was machst du hier?", rief ich. „Ich bin damals hier vorbeigekommen auf dem Weg von der Kriegsgefangenschaft in Russland nach Hause", sagte er.

„Das hier war ein Behelfskrankenhaus für Typhuskranke."

„Was?", meinte ich wieder.

„Bin natürlich nicht rein. Eine Ansteckung mit Typhus auf den letzten Metern, das konnte ich nun wirklich nicht gebrauchen." Er zeigte seine braunen Zähne.

„Setzt dich doch, Kind", meinte er zu mir. Ich ließ mich neben ihn auf den Boden plumpsen. Er tätschelte mir das Knie.

„Sieht so aus, als bräuchtest du meine Hilfe", sagte er.

Mir stiegen Tränen in die Augen.

„Opa Kurt, warum hab ich so 'ne Macke?", fragte ich.

Er lachte.

„Die hast du geerbt, meine Kleine", sagte er. „Dieser ganze Schwachsinn hier – er zeigte hinter sich - dieser Krieg, der hat uns allen den Boden unter den Füßen weggerissen. Wir kamen zurück und haben damals so getan, als wäre nix passiert. Unsere Kinder haben so getan, als wäre nix passiert. Aber ihr könnt jetzt einfach nicht mehr so tun."

„Ich versteh' das nicht", meinte ich.

„Du hast Angst, oder? Angst, dass du den Boden unter den Füßen verlierst", meinte er. Ich zog die Beine an und vergrub mein Gesicht in meinen Armen. Mein Großvater legte seine Hand auf meinen Rücken. Minuten vergingen.

Dann hörte ich mit einem Mal Eddies Stimme.

„I've been looking for you, babe!"

Als ich aufschaute, sah ich Eddies lächelndes Gesicht. Ich blickte mich um. Mein Großvater war verschwunden.

„Alles gut?", fragte Eddie.

„Ja", sagte ich und stand auf. Eddie nahm meine Hand und wir gingen zurück zum Schloss. Im Restaurant aßen wir Spargel mit Schnitzel. Das Leibgericht meines Opas. Dazu tranken wir eine Flasche Grauburgunder. Ich trank schnell.

„You seem a little freaked out, Prinzessin", meinte Eddie. "You sure, everything's fine?"

„My grandpa", sagte ich. Und dann nichts mehr.

"Your grandpa, yeah?"

"My grandpa came here after the war when he returned from Russia."

"Oh, really? Why didn't you tell me before?"
"I didn't know."
Eddie schaute mich ernst an und nickte.

In der Welt meiner Träume erwartete mich in dieser Nacht ein Flammeninferno. Ich war umringt von einem Kreis aus Feuer, in dem Familienmitglieder brannten. Auf der einen Seite die Familie meines Vaters. Ich sah den Vater meines Vaters, sein schmerzverzerrtes Gesicht. Die Schreie, die ich hörte, waren die seiner Frau, meiner Großmutter. Ich wollte helfen, doch ich wusste nicht, wie. Auf der anderen Seite die Familie meiner Mutter. Meine Großmutter, in Tränen aufgelöst. Ihr Bruder und ihr erster Mann brannten lichterloh. Vor unseren Augen lösten sie sich beide auf in schwarzen Rauch. Dann sah ich Opa Kurt, eingeschlossen von den Flammen, dem Untergang geweiht. Ein Gefühl von endloser Ohnmacht und ewigem Verlust senkte sich auf mich herab. Ich war überzeugt, dass auch er verloren war. Doch Opa Kurt sprang über den Feuersturm hinweg, rannte auf mich zu und ergriff meine Hand. Wir liefen schneller als der Wind, schneller als der Schall, schneller als Lichtgeschwindigkeit. Alles um uns herum löste sich auf.

Keuchend schreckte ich hoch.
„What is it?", fragte mich Eddie, den ich aufgeweckt hatte. Ich atmete ein paar Mal tief ein und aus.
„Ich bin hier. Ich bin endlich hier", sagte ich und musste lachen, so unglaublich erschien es mir.
Eddie küsste mich auf die Stirn.
"So ein Zufall. I am here, too."
Als ich ihn zu mir heranzog, spürte ich das Herz in seiner Brust schlagen. Und ich fühlte das Bett unter uns, die Verbindung des Bettes zu den Holzdielen, ihre Verbindung zu den Wänden des Hauses und den Kontakt des Bauwerks zur Erde. Ich konnte es spüren. Er war da, der Boden unter mir.

Bumsen bei Rotlicht

Thanassis Kalaitzis

PROJEKT | „Photoshopping" (2012)
Ausgewählt von Jörg Olvermann

Anna, Marla und Benny werden erst nach vorn und dann nach hinten geschleudert. Dabei verkrampfen sich Annas Finger um den kleinen Fotoapparat. Dieser kleine, von Geburt an programmierte Klammerreflex von Annas Hand löst ein Foto aus.

Zwei Stunden vorher:

Marla und Anna sitzen in der Küche, als es klingelt. Der unter geschmacklosem Linoleum versteckte Dielenboden neigt sich unter Annas Schritten bedenklich und verschafft sich wegen jedes Trittes empört Gehör. Wenn sie mal groß ist und verheiratet, dann wird Anna in eine Küche mit festem Boden einziehen. Nicht, dass sie darauf besteht, aber dann muss ein solch illustrer Gast wie Marla aus dem vornehmen Boston wegen der hölzernen Kakophonie nicht seine Beunruhigung hinter einer eisernen Gesichtsfassade verbergen.

Marla arbeitet als Consultant und hat gerade ihren Beraterjob für ein Berliner Startup angetreten. Es geht um eine interne Neustrukturierung und Effizienzoptimierung. Solche Vorbereitungen für den Verkauf der Firma an eine der Internetkraken sind in den letzten Jahren ihr Berufsalltag geworden. Tja, das war wohl jetzt ihr Leben. Die Honorare, die Marla andeutet, lassen Anna jedenfalls immer wieder erschauern. Als Exzellenz-Cluster-Dozentin ist sie zwar auch nicht schlecht dran, aber nowhere fucking near Marla. Dennoch hatte sie darauf bestanden, Marla in ihrer Altbauwohnung unterzubringen. Persönliche Fürsorge erzeugte „Favours". Und die wüde Anna irgendwann auch einlösen. Das war der Deal.

Anna und Marla kennen sich aus einer Ringvorlesung von vor Jahren. Marla kommt ursprünglich aus der Ethnologie, Anna aus der Biologie. Die acht Jahre ältere Marla war seinerzeit Gastdozentin, Anna war Doktorandin an der Humboldt Universität zu Berlin gewesen. Beide hatten ihre Forschungsergebnisse präsentiert: „Impressions of Human Expressions." Sie war gerade 23 und spielte mit ihrem Vortrag über „zelluläre Aktivität in den Sprachregionen des Gehirns beim Sprechen und beim Schweigen" schon international mit. Marla hatte ihren Stil bewundert und Anna angesprochen. Seitdem tauschten sie sich aus, akademisch und irgendwie auch persönlich. Marla weiß nicht genau, warum sie hier sitzt. Sie nutzt Annas Verschwinden zur Tür und flüchtet zurück zum Moment, da sie Anna kennengelernt hat. Die Anna vor vier Jahren war erregt vom Podest heruntergekommen, beseelt von ihrem ersten größeren Erfolg. Marla hatte sich zwei Gläser Sekt geschnappt, ihr einfach eins angeboten. Die Lebendigkeit und Selbstvergessenheit dieser Frau war einfach nur herzerfrischend gewesen. Diese Gelöstheit, diese Unbefangenheit, will Marla wiederfinden, wieder bekommen. Weit weg von den underfucked and underpaid bitches und overpaid and overweight motherfuckers in den Firmen, die sie seit Jahren beriet. Auch ihr Berliner Auftrag bedeutete, mit diesen sehr berechenbaren Menschen umzugehen, ihnen zu vermitteln, dass sie toll waren und dass sie alles richtig machten. Jetzt weiß es Marla wieder: Sie sitzt hier, weil sie sich überraschen lassen will. "And look who's here", denkt sie sich, als ihre Überraschung in Gestalt von Benny in der Tür erscheint; und der tritt so weich in die Küche, dass der Boden keinen einzigen Ton von sich gibt. Marla lächelt. Anna lächelt verspannt. Sie will ihn gar nicht hier haben, und so genau will sie sich auch nicht erinnern, dass er nur deshalb hier ist, weil er ein Auto und sie keinen Führerschein hat. Und dass er sie anhimmelt. Und es ist ihr egal, dass sie ihn irgendwann enttäuschen wird, weil er schon jetzt nicht in ihre Zukunft gehört. Er ist arbeitslos, wohin soll das schon führen.

Marla will das echte Berlin, also schlägt Benny vor, mit dem Prinzenbad anzufangen. Anna lehnt ab, als Juniorprofessorin würde sie sich niemals freilegen. Marla hat kein Badezeug mitgebracht, wer erwartete in Europa im Mai schon 30 Grad. Benny schweigt, hebt die Schultern und Augenbrauen, als sich die beiden Frauen auf eine Minimallösung einigen. Was soll Marla in der Kreativhauptstadt Europas auch anderes tun, als sich unkreativ durch die Stadt fahren zu lassen.
Unten auf der Neuköllner Werrastrasse ist es „surprisingly hot for a day in May", sagt Marla. Bennys Twingo steht in der Fuldastrasse.

Anna übernimmt die Führung. „You have got to see Weserstreet, it's the new aah Hip – ahh - Zone in Berlin", sagt Anna mit gezwungener Heiterkeit, die ihre sprachliche Unsicherheit überspielen soll. Benny hätte den Gast eher am Ufer spazieren lassen, aber Anna hat ja das Sagen. Marla will einen Secondhand-Laden besuchen, „Yeah right now, aren't you hot in your academic clothes?", fragt sie Anna. Die produziert einen Schmollmund und ein Schulterzucken.

Sie fahren erst eine Runde durchs Viertel, Weserstraße, Hip aah Zone, haha, denkt sich Benny. Dann finden sie einen Humana, den Marla in 15 min durchforstet und mit einer hässlichen, aber kurzen Hose am Körper verlässt. Anna findet es Scheiße und sagt, „You look so cool". Marla sagt „Yeah, and I am feeling a lot cooler already", und sie fahren weiter. Anna sitzt hinten und kriegt den vollen Fahrtwind des geöffneten Schiebedachs ins Gesicht. Sie kann deshalb kaum hören, was vorne geredet wird. Sie vermutet, Benny macht den Stadtführer, aber schon als sie an der Hasenheide vorbei nach Kreuzberg ziehen, scheint es Witze und Spaß in der ersten Reihe zu geben. Marla lacht. Benny hat einen trockenen Humor. Passend zum Tag. Dann macht Marla Musik – sie steckt ihr Mobiltelefon an die Anlage und ruft einen Internetsender ab. Rhythmische Musik. „Can we please find a club where they're playing this kind of music?", fragt sie nach hinten. Anna weiß nicht einmal was das ist, das sie da unterm Fahrtrauschen hört. „Äh, what is ähh the name of the music type?" Breakbeats, TwoStep? Nie gehört. „It's British. American Pop is boring." Anna übergibt die Frage an Benny. Die beiden schwatzen weiter.

Anna ist endgültig draußen. Sie hat nichts weiter zu tun, als Fotos auf Zuruf von Marla zu machen, weil die lieber Musik hören will mit ihrem Handy. Dann zieht Marla ihr Oberteil aus und zeigt ihr Trägerhemd. Sie ist sportlich, denkt Benny, sie ist durchgedreht, denkt Anna. Und unrasiert unter den Achseln, stellt Anna fest, als Marla mitsingend die Arme durchs Dach steckt. Und mit Benny high-fived. Und die Arme genießerisch und brusthebend hinter dem Kopf verschränkt. Bitch, murmelt Anna. Marla findet die Bergmannstraße langweilig:

„Just like Brooklyn, it's either Nerds, Income-Junkies or Income-Fa-kers". Dann lässt es sich Benny nicht nehmen am Prinzenbad vorbei über den Kotti nach Kreuzkölln zu fahren. „Big Berlin Show tomor-row" verspricht er Marla, die ihn anstrahlt und für Anna nicht hörbar sagt: „Why not tonight, ey!" Noch ein High Five.

Anna ist stinkig in der zweiten Reihe. Für sie fällt nichts ab und Marla macht sich an Benny ran. Das lief ja echt super. Oranienstraße. Dann ein kleiner Menschenauflauf Ecke Adalbert. Eine Aktion oder ein Flashmob? Es ist eine Aktion. Jemand wird angemalt. „Yay, Public Bodypainting, super. Let's get outta the car", von Marla. Dann teilt sich für einen Moment die Menge und ein halbbemalter Nackter wird sichtbar. „What a body", von Marla. „And what a member", hinterher. „Anna do you see that. Quick. Take a picture, right now."

Anna versteht nicht, was Marla meint. Sie versteht erst, als ihr der ziemlich üppige Ständer des bepinselten Mannes geradezu ins Auge sticht. Sie ist schockiert. „No, drive aah - away", ruft sie erschrocken nach vorn. „No, I wanna watch this" von vorn nach hinten. Benny ist hilflos. Er sieht von einer Frau zur anderen. Dann schaut er auf die rote Ampel. Dann bumst es.

Anna, Marla und Benny werden erst nach vorn und dann nach hin-ten geschleudert. Dabei verkrampfen sich Annas Finger um den klei-nen Fotoapparat. Dieser kleine, von Geburt an programmierte Klam-merreflex von Annas Hand löst ein Foto aus. Dann bumst es noch mal. Anna, Marla und Benny werden nur leicht bewegt. Dann bumst es noch mal. Dann entfernter noch einmal. Dann ein scharfes Brems-geräusch. Dann ein Hupkonzert.

Die Oranienstraße ist für über zwei Stunden blockiert. Die Painting-Performance ist längst vorbei, als die Polizei eintrifft. Anna hat sich nach der Aufnahme des Polizeiprotokolls betrunken. Marla und Benny sind noch heute befreundet. Anna hat irgendwo ein Foto von einer Ampel auf ihrer Festplatte. Und keine Favours mehr auf dem Konto.

Thanassis Kalaitzis

Frisch gebackene Brötchen

Thanassis Kalaitzis

PROJEKT | Stelldichein - Die Laubenlesung / Perspektivwechsel (2013)
Ausgewählt von Jörg Olvermann

Das Telefonklingeln hallte von den blanken, tapetenfreien Wänden ihres Wohnzimmers wider. Sie drehte sich zum Fenster und schaute verloren in den großen Hof der Bruno-Taut-Anlage der Ossastraße. Das Grün der Bäume erschien ihr bösartig lebendig und aufdringlich grün. Sie drehte sich wieder ins klingelnde Zimmer zurück.

Ihre Mutter hatte sie gerade angerufen, um Bescheid zu geben, dass ihr jüngerer Bruder David vom Balkon seiner Dachgeschosswohnung gesprungen und noch auf dem Hofpflaster gestorben war. Sie klang unheimlich unberührt und verabschiedete sich gleich wieder, sie sei bei der Polizei und müsse noch Bürokratie bewältigen.

Svenja hört immer noch ein Klingeln. Dann wird ihr klar, dass sie kein Echo hört. Es ist ihr älterer Bruder Norman. Er schreit sie geradezu an, sie weiß gar nicht recht, was er will. Urlaub, Südfrankreich, sein Mann ist schockiert, die Kinder wissen noch nichts, Rückreise, Beerdigung, Flughafen, die Mama, und das kurz nach Papa, plapperplapperplapper. Sie legt einfach auf. Sie hält das jetzt nicht aus.

Svenja reißt das Fenster auf und schreit ihr gesamtes Lungenvolumen in den Hof. Jemand schreit „Ruhe" zurück. Es ist Sonntag. Sie zerrt wutentbrannt die Kiste mit der Stereoanlage ans Fenster, stellt die Boxen aufs Fensterbrett und dreht Musik auf. Es ist ein Internetradio mit DJ-Mixen, House dreht sie gleich wieder ab. Sie wählt die Break-Beats an, die wummern wenigstens schön. Fuck everybody else's Sunday. Sie springt ein wenig zur Musik herum, fängt an zu heulen und versucht durch Mitsingen das Heulen wegzukriegen. Es wird ein Krächzen, das es mit den Raben im Hof aufnehmen könnte. Irgendwie hilft das, aber helfen tut es trotzdem nicht.

Sie reißt hilflos die Plakate von der Wohnzimmerwand, Paris-Tokyo, Gesichter der Renaissance und MoMa – die hatten die ganze putzbraune Fläche bedeckt. Sie sucht hysterisch nach weiteren nutzlosen Artefakten ihres bisher so sorglosen Lebens in der 48qm Eigentumswohnung der Eltern mit Studium (8. Semester) und Kleinwagen. Sie findet eine zerknitterte, graue Mülltüte und reißt geburtstagsverschenkte aber ungelesene Bücher aus dem Regal: *Simplify your life*

(Küstenmacher/Seiwert), *Liebe Dich selbst* (Eva-Maria Zurhorst), *Henning Scherf Grau ist bunt - Was im Alter möglich ist*, hahaha, Ken Follet *Sturz des Titanen*, nein, *der Titanen*. Dann befreit sie sich von Internet-Shop-Oberbekleidung, darunter ein lila Hoodie-Strickteil, Dreiviertel-Arm, hinten mit Strass „Bitch" draufappliziert. David hatte es tollgefunden, Norman-Nor-woman, wie er sich manchmal nannte, fand´s „ouch". T-Shirts mit Bandmotiven, alle Mützen, außer die vom Missy Elliott Konzert in der Arena. Dann fliegen die Mädchen-Schuhe alle weg, die mit Korksohle und die Doc-Martens mit Blumenmuster; Girls Edition, blabla.

Svenja wird in vier Monaten dreiunddreißig. Die graue Tüte ist eigentlich schon voll, aber die wattierte weiße Kind-du-brauchst-noch-eine-Übergangsjacke, so redet die Mama, stopft sie auch noch rein. Dann fällt ihr noch die von ihrer inzwischen schon 9-jährigen Cousine beklebte Kistchensammlung ins Auge. Bye Bye, Birthday Bullshit. Es wummert. Im Kopf. Im Wohnzimmer. An der Wohnungstür.

Svenja steht still, für diesen unendlichen Moment, da sich ein Tropfen vom Eiszapfen löst. Die Mülltüte rutscht ihr aus der Hand, Kistchen und Übergangsjacke fließen in die Freiheit. Sie brüllt den Müll an, tritt aggressiv darauf herum. Wieder wummert es an der Tür. Sie reißt sie auf und brüllt die Person in grüner Uniform an: „Mein Bruder ist tot, was wollt ihr mir denn noch wegnehmen!" Der Beamtin zuckt ein Lächeln ins Gesicht. Dann bittet sie Svenja sich zu beruhigen, es gäbe eine Anzeige der Nachbarn wegen Lärmbelästigung. Svenja lässt die Polizistin stehen, geht ins Wohnzimmer. Sie dreht noch einmal richtig auf und brüllt „Kack you, Nachbarn" in den Hof. Als sie sich umdreht steht die Polizistin im Wohnzimmer. Svenja zuckt zusammen, als sähe sie einen Einbrecher oder einen Zombie. Dann dreht sie die Musik ab. Sie setzt sich auf den Boden. Sie beginnt zu heulen.

Die Polizistin ist für solche Fälle nicht geschult und spult verzweifelt und um irgendeine Vorstellung von Professionalität bemüht, ihre „Ich-muss-ihre-Personalien-aufnehmen"-Nummer ab. Svenja hat erstmals seit dem Telefonat ihrer Mutter einen Grund zu lachen. Müht sich hoch. „Was Sie nicht sagen?" und lacht weiter. Sie kann nicht mehr aufhören. Lachend sucht sie in ihrer Fake-D&G Handtasche. Sie schüttet den Inhalt auf den Boden, greift sich das Portemonnaie und übergibt der Polizistin ihren Personalausweis. Die hat jetzt eine Aufgabe. Svenja lässt sie stehen und stopft im Korridor die Mülltüte wieder voll und schafft es irgendwie, sie zu verknoten.

„Ihnen geht ein gesondertes Schreiben mit einem Bußgeld-Bescheid in den nächsten Tagen zu", sagt das Little Green Woman. Dann klingelt das Telefon. „Sind sie endlich fertig? Ich würde jetzt gern mein Leben wieder haben!", sagt Svenja mit dem Hörer schon in der Hand. Die Mutter. Sie kommt vorbei, in fünfzehn Minuten, mit dem Taxi. Little Green Woman verschwindet.

Svenja ist allein. Es ist 13.48 Uhr. Sie steht eine lange Weile im Korridor. Dann löst sich der Tropfen vom Eiszapfen, der ihr Herz ist, und sie bekommt wieder Luft in ihre Lungen. Dann bringt sie die Tüte runter. Dann hört sie im Hausflur oben ihre Klingel und öffnet der Mutter die Haustür. Sie rennt die Treppen hoch, greift sich eine Jacke, hastet wieder runter und nimmt ihre Mutter an die Hand. „Wir gehen spazieren, in die Kleingartenkolonie. Hand in Hand. OK?"

Unter aufgelockertem Himmel laufen die beiden Frauen mit vielen anderen Menschen in die Mini-Anlage. In einer Parzelle machen irgendwelche Leute eine Lesung. *Endstation Garten Eden.* Eine Box mit farbigen Zetteln gibt eine Leseroute vor, der Weg zum Paradies. Man zeigt seinen Zettel und irgendwer liest eine Kurzgeschichte vor. Svenja hat keine Ahnung, warum die das machen. Sie setzt sich auf eine Bank und hört mit halbem Ohr zu. Leute sitzen vor einer Laube oder auf dem Rasen vor einer Hängematte. Es geht um koksende Neuköllner Barbesitzerinnen, um Liebe in der U-Bahn, um alzheimernde Angehörige und Zombies mit Katalog-Eigenheimen. Dann kann man an einem Paradiesbaum sein Wunschparadies oder seinen Paradieswunsch aufschreiben. Es hängen weiße Papierstreifen da und Lollies, an bunten Wollfäden, Wunsch säen - Lolli ernten steht daneben.

Svenja schüttelt den Kopf. Sie versteht nicht, was das soll. Das Ganze hier, 48h Neukölln. Kulturfestival. Sie zieht ihre Mutter weiter. Zwei

Stunden und einige Galerien, Läden, Werkstätten, Events, Happenings & Performances später, ist Svenja völlig erschöpft, hungrig, durstig, matt. An der Ecke Ossas/Weichseltraße fällt Svenja die Kleingartenkolonie „Hand in Hand" wieder ein. Sie wird im Winter eingeebnet. Für den Rütli-Campus, what the fuck. Sie bleibt stehen. Ihre Mutter ist unsicher. Es vergehen schweigende Minuten.

„Ich will noch mal zum Paradiesbaum. Ich habe noch einen Wunsch aufzuschreiben." Die Mutter zieht die Augenbrauen zusammen, kommt aber mit.

Im Garten nimmt sich Svenja einen Zettel und Stift. „Wunsch säen – Lolli ernten". Was ist mein Paradies? Sie schreibt: „frisch gebackene Brötchen", die hat David immer für die Familienfrühstücke gebacken. Mit Mama, Papa, Norman, seinem Mann, ihren beiden Kindern und den ständig wechselnden Freundinnen von David, die er mit seiner tollen Familie beeindrucken wollte. Bis Papa letzten Winter gestorben war. David hatte damals mit dem Brötchenbacken aufgehört.

Svenja reißt sich irgendeinen Lolli vom Baum. Dann geht das Leben weiter. Mit künstlichem Cola-Aroma.

Erstmal.

In Erinnerung an Niels Müller

Thanassis Kalaitzis

Das Märchen von der aufgetauten Frau

Thanassis Kalaitzis
PROJEKT | savemelyrics24.nk (2015)
Ausgewählt von Judith Strohm

Es war einmal in einem kleinen Dorf weit hinter dem Ural ein kleines Mädchen, das davon träumte, den Weltraum zu besuchen. Mit einer großen, glänzenden Rakete würde sie zu den Sternen fliegen und sich eine glitzerkleine Kette aus Kometen machen.

Aber so viel sie sich auch immer Mühe gab, niemand nahm ihren Wunsch ernst, nicht einmal ihre Mutter. In der dürftigen Dorfschule wurde sie ausgelacht und mit Sand beworfen: „Da hast du deinen Sternenstaub" riefen ihr die Rüpel hinterher. Dabei hatten sie sogar recht, ohne es zu wissen, dachte sich das kleine Mädchen, denn vor Gigajahren war das hier, der gesamte Planet und alles, was er hervorgebracht hatte, das alles war einst Sternenstaub gewesen; Überreste jung gestorbener Supersonnen.

Ihre Mutter versuchten ihr auszureden, ihre Träume wahrzumachen. „Du musst heiraten, sonst wird aus dir nichts." Ihre Freundinnen wollten von einem Sternenflug auch nichts hören.

„Nach dem zweiten Kind kommst du doch nicht mal durch die Kinderzimmertür", meinten sie und gackerten wie die Hühner auf dem Hof. Und ihr Vater sagte in prophetischem Ton:

„Du wirst ein kaltes Leben führen und die Sonne wird dich nicht wärmen. Viele Prüfungen wirst du bestehen müssen und viel verlieren. Aber irgendwann wirst du die Sonne entdecken und sie wird dich glücklich machen." Das Mädchen bekam Angst. Alle Menschen, die ihr wichtig waren, hatten kein Verständnis für sie. Ihr Herz klopfte und sie versteckte sich hinter dem warmen Ofen.

Mit den Jahren wurde aus dem kleinen Mädchen eine junge Frau. Sie hatte keine Freunde und ihr Herz fror allmählich ein, weil es von keiner Liebe erwärmt wurde. An einem sonnigen Tage schließlich trat sie vor ihre Eltern und sagte:

„Ich muss der Sonne folgen, denn mein Herz ist so kalt, dass ich sonst zu Eis gefrieren werde." Gesagt – getan. Sie verließ schnurstracks das kleine Dorf, das sie fortan nie mehr wieder sehen wollte.

Nach einer langen und beschwerlichen Reise gen Westen kam sie schließlich in Perm an. Sie verdingte sich als Putzmagd und ging an die örtliche Universität, wo sie Physik und Aeronautik studierte. Sie war die einzige Frau in den Seminaren und die harte Arbeit mit den chemischen Reinigungsmitteln machten es ihr oft schwer, den Stift in der Hand mit rissiger Haut zu halten.

Aber sie war eisern, so eisern wie die Hülle des Raumschiffes, dass sie in nur wenigen Jahren zu fliegend gedachte. Niemand lachte mehr über ihren Traum, aber niemand liebte sie in Perm und ihre Kommiliton*innen nannten sie nur noch Permafrostka – „die, die mit einem gefrorenen Herzen tanzt". Dabei tanzte sie nie in ihrer Permer Zeit. Nur ein einziges Mal auf ihrer Hochzeit mit Juri, in den sie sich verliebt hatte, oder es glaubte und weil sie hoffte, dass er ihr Herz zum Schmelzen bringen könnte. Er studierte mit ihr Aeronautik und wollte, so wie sie, in den Weltraum. Nachdem Valentina auf die Welt gekommen war, kühlte sich diese eigentlich-Liebe auch wieder ab.

Als Alexei zur Welt kann, benannt nach dem ersten Menschen, der frei im Weltraum schwebte, war es mit der Ehe eigentlich vorbei. Juri hatte sich mit Valentina Tereschkowa „angefreundet". Er hoffte, dass sie ihm Türen öffnen könnte in Baikonur, der sowjetischen Weltraumheldenschmiede. Permafrostkas Herz fror noch mehr ein. Ausgerechnet mit Valentina Tereschkowa – welch eine Schmach. Und sie wurde immer wieder daran erinnert, wenn sie ihre Tochter zum Essen rief, oder auf dem Spielplatz oder vor der Schule.

Permafrostka kehrte dieser traurigen Stadt schließlich den Rücken und zog weiter – immer der Sonne nach. Nach dem zweiten Kind war nicht nur Juri für sie gestorben, sondern auch der Traum von der Raumfahrt. Ihr Spitzenleistungen in der Physik eröffnete ihr die Türen zum Tempel der Wissenschaft: dem IKI RAN (Институт космических исследований Российской Академии Наук - ИКИ РАН).

Wenn sie schon nicht ins All fliegen konnte, der Sonne entgegen, so würde sie sich die Sonne auf die Erde holen. Unter dem sagenhaften Roald Sagdejev begann sie in der Kernfusionsforschung ein neues Leben. Er war der Beste. Sein Fusionsreaktormodell wurde sogar vom Westen nachgebaut. Aber auch die Erfolge mit den Minisonnen, die im Labor entstanden, konnten ihr Herz nicht erwärmen. Zwei Millionen Grad hinter meterdicken Wänden und um ihr Herz herum meterdicke Eisschichten.

Ihre erste Kernschmelze erlebte Permafrostka schließlich 1983, fast vierzig Jahre alt. Der große Harold Furth hatte sie, Valentina und Alexeij aus Moskau herausgeschmuggelt. Sagdejev hatte die beiden einander vorgestellt und als Wissenschaftler der gleichen Disziplin und des gleichen eisigen Forscher-Typus hatten sie sich angefreundet. Furth wollte sie für den JET haben, den ersten europäischen Kernfusionsreaktor. Furth bekam sie nicht nur als Expertin sondern auch als Lebensgefährtin. Mit Hilfe diverser Geheimdienste, wechselnder Flugzeuge und vielen Stunden in Räumen ohne Tageslicht. Als Furth schließlich mit ihr am Ultraschallgerät stand und den ersten Herzschlag ihres Kindes sah, weinte er. Er war mit 60 Jahren von Permafrostka noch einmal zum Vater gemacht worden. Drei Tage später gelang schließlich die erste Kernschmelze für zwei Sekunden. Zwei Sekunden nur und so heiß wie im Inneren der Sonne. Ein Sieg der Wissenschaft, ein Sieg für die Menschheit, ein Sieg für Permafrostka.

Als Harold sie nach der Feier im Labor zuhause noch einmal in den Arm nahm und sie wortlos mit einem Glas Champagner im Wohnzimmer anstießen, spielte der Oldie-Sender den Harold immer hörte, folgendes Lied: Joni Mitchel – „Help me. I am falling in Love. Again."

Permafrostka wusste erst gar nicht, was es war, dass ihr über die Wangen lief, aber Harold küsste ihr die Tränen weg und sagte nichts. So wie das Glas Champagner ihr durch die Finger glitt und auf dem Boden zerschellte, zerbarsten auch die Eisschichten um ihr Herz und fielen von ihr ab.

Nun da Permafrostkas Herz zum ersten Mal freigelegt war, wurde ihr plötzlich warm und leicht. Eine Welle von Freude und Vergnügen stieg in ihr auf. All die Jahre hatte sie sich von ihren flüchtigen Träumen genährt und war nie satt geworden. Die Enttäuschung mit Juri, die verlorene Hoffnung Kosmonautin zu werden, der lange Weg durch die wissenschaftlichen Experimente, die Angst, die Kinder nicht fürsorglich genug behandelt zu haben, die Heimat verloren zu haben: Das alles waren mehr als nur Enttäuschungen gewesen. Es war ein Leben der Not und der Notwendigkeiten gewesen. Das Leben hatte sie belogen und betrogen. Oder sie sich selbst? Oder überhaupt gar nichts davon?

„It's got me hoping for the future - And worrying about the past - 'Cause I've seen some hot, hot blazes - Come down to smoke and ash."

Aber jetzt hier, in diesem englischen Reihenhaus verstand sie jedoch, dass genau das ihre Reise zur Sonne gewesen und sie endlich in ihrem eigenen Kosmos angekommen war. Dass sie seit dem Tag, an dem sie geboren wurde, bereits in ihrem Raumschiff gereist war und sie ihre Sonne immer dabei gehabt hatte! Hot hot Blazes. Smoke and Ash. Sonnenglanz. Sternenstaub.

Permafrostka lachte laut auf. Der Zauberbann, der Jahrzehnte auf ihr gelegen hatte, war endlich gebrochen.

Sie ergriff Harolds Hand und begann mit ihm zu tanzen. Der schaute sie überrascht an. Dann sagte sie:

„Ich heiße Svetlana. Die Lichtbringerin. Svetlana Afanasievna Solntseva. Das ist mein Name und das ist mein Leben! I am home."

Und von diesem Tag an lebte Svetlana glücklich und frostfrei mit ihrer Familie bis ans Ende ihrer Tage.

Die Mondgöttin

Thanassis Kalaitzis

PROJEKT | divenlesung (2015)
Ausgewählt von Thanassis Kalaitzis

Am 7. März 1970 wurden einige Amerikaner an der Ostküste trotz vorheriger Warnung mit schweren Augenschäden in Krankenhäuser eingeliefert. Es war natürlich allen klar, dass diese Schäden durch das unvorsichtige Betrachten der totalen Sonnenfinsternis über Nordamerika verursacht worden war. Was der Öffentlichkeit verschwiegen wurde, waren die zahlreichen Berichte ungewöhnlicher Sichtungen wegen derer die Geschädigten (Männer wie Frauen) überhaupt erst zu Schaden gekommen waren.

Diese vielfältigen Augenzeugenberichte, die alle eine Tatsache gemeinsam hatten, verschwanden in sogenannten X-Files in den Archiven des FBI. Es wurde vermutet, dass die Regierung der Sowjetunion seinerzeit bei der Geheimhaltung der Fakten ein Rolle gespielt haben könnte. Natürlich kann bis heute niemand genau sagen, was diese Akten enthalten, da sie vermutlich erst 70 Jahre nach ihrer Archivierung–also im Frühling 2040–freigegeben werden. Eine Aktivistinnengruppe, die sich um die Anerkennung der Rolle der Frau in der Weltraumerforschung - mit teils illegalen Methoden - stark macht, verweist auf ihrer Website Space-Divas.org auf höchstinteressante Hintergründe dieser Geheimhaltung, die ich mit Euch hier heute Abend zur Sonnenfinsternis 2015 teilen möchte.

Die Weltallgöttinnen behaupten, sich Zugang zu dem verheimlichten Aktenmaterial verschafft zu haben und kämpfen seit ca. 5 Jahren für die Anerkennung der unterdrückten Informationen und für die Umsetzung ihrer zentralen Forderungen.

Erste Behauptung der Aktivistinnen ist es, dass der Kalte Krieg bereits in jenem Jahr, 1970, insgeheim beendet wurde, denn beide Nationen und ihre Regierungen (Nixon & Breshnew) hatten wegen der Vorfälle zur Sonnenfinsternis bereits schnell mit Hilfe ihrer Außenminister (Rogers & Kossygin) ein Schweigeabkommen in die Wege geleitet, die jegliche Veröffentlichung von Informationen unterbinden sollte. Das funktionierte nur deshalb, weil es beiden Staaten unendlich peinlich gewesen wäre, wären die Tatsachen dieses Tages an die Öffentlichkeit gelangt.

Ein weiterer Fakt, den die Aktivistinnen ansprechen, ist die Tragweite für die Stellung der Frau in den Naturwissenschaften – insbesondere der Raumfahrt. Sie sehen in den Ereignissen vom März 1970 eine erste und entscheidende Veränderung in der Mentalität und in der Selbstermächtigung von Frauen in der High-Tech-Industrie und einen ersten entscheidenden Versuch, sich von ihrer traditionellen Rolle als Arbeits-, Labor-und Familienmäuschen zu befreien.

Weiterhin findet sich auf der Site eine Maximalforderung: die Beatifikation und schließlich die Kanonisierung jener Frau, die maßgeblich alle Zusammenhänge der Ereignisse von 1970 geplant, vorbereitet und schließlich realisiert hatte. Valentina Tereschkowa - Die Mondgöttin.

Tatsache 1: Die Landung von Valentina Tereschkowa auf dem Mond – eine peinliche weitere Niederlage der Vereinigten Staaten. Denn damit wäre die Apollo 11 /12 Lüge aufgeflogen–wobei noch unklar ist, ob die Kosmonautin tatsächlich von Fußabdruck und Fahne nichts gefunden haben soll, an der angeblichen Landestelle der amerikanischen Landefähren. Wäre das aufgeflogen, wäre die USA vor der internationalen Völkergemeinschaft so blamiert worden, dass Nixon wohl schon vor Watergate seinen Lunargate erlebt hätte. Und die oh-so-high-and-mighty US-of-A hätte erst nach den Russen den Mond betreten und wären von einer Frau im Wettlauf um den Erdtrabanten geschlagen worden.

Tatsache 2: Die Soviets mussten geheim halten, dass das gesamte Unternehmen und ursprünglich als unbemannte!! Mission geplante Luna 16 von der ambitionierten und bis heute politisch intriganten Tereschkowa mit ihrem Team von Spitzenwissenschaftlerinnen einfach gekapert hatte. Nicht Gesteinsproben sollten wie geplant zur Erde gebracht werden, sondern eine Frau würde auf dem Mond landen. Einen solchen Affront konnte sich die Altherrenriege im Kreml selbstverstänflich nicht gefallen lassen. Zum einen, weil sie von den beteiligten Expertinnen einfach so übertölpelt worden waren und zum anderen, weil es ihnen überhaupt gelungen war – und das ganz ohne Männer.

Als letztes die Vergöttlichung. Die Aktivistinnen von Space-Divas. org – das ergaben zumindest meine äußerst mühsamen Recherchen –

sind vermutlich eine Gruppe von Hinterbliebinnen sowjetischer Spitzenwissenschaftlerinnen, die ein wenig zu sehr vom Zauber des Katholizismus geblendet zu sein scheinen. Mir hat sich in den unzähligen ausgetauschten E-Mails nicht ganz erschlossen – was möglicherweise an den Google-Übersetzungen aus dem Russischen lag – welche Befriedigung die Beatifikation (Seligsprechung) und Kanonisierung (Heiligsprechung) der Tereschkowa den Aktivistinnen wirklich bringen würde. Und warum sie als orthodoxe Christinnen mit sowjetischer Heritage (Kosmochristinnen oder Christokosmologinnen) diese Forderung überhaupt stellten.

War der Grund etwa, weil die Tereschkowa mit ihrem Mondlander genau zur Zeit der Sonnenfinsternis am 7. März 1970 auf dem Erdbegleiter Staub aufwirbelte? Und weil bei Menschen, die das auffällige Blinken und Funkeln des Raumfahrzeuges zu lange beobachtet hatten, blutige Tränen aus den Augen liefen, mit denen sie schließlich in Krankenhäuser eingeliefert wurden? Oder weil die Möwe (Tschaika), wie die Tereschkowa genannt wurde, nur auf der Rückseite des Mondes einen lumpigen Krater benannt bekam und nicht ein prestigeträchtiges Mare auf der Vorderseite, wo sie auch gelandet war, was ja aber niemand erfahren durfte und was deshalb nie geschehen war und deshalb endlich aufgedeckt werden musste?
Oder weil es einfach so viel sexier klang den Satz zu wiederholen, der bei ihrer geheimen Landung einst gesagt wurde:

Чайка приземлиасъ

als

The eagle has landed?

Und auf diese Fragen, meine lieben Leser:innen und Zuhörer:innen, werden sie wohl ihre ganz persönlichen Antworten finden müssen.

DJ Peter oder warum ich die Berliner Clubland-schaft dann doch nicht revolutionierte

Jörg Olvermann
PROJEKT | "Textfutter": Lesung Cafe Nothaft (2012)
Ausgewählt von Judith Strohm

Die kalte Spree zieht mich nach unten. Das braune Wasser schmeckt nach Regen. Ich tauche wieder auf, schnappe nach Luft. Besorgte Touristen stehen auf der Oberbaumbrücke.

Wie konnte es nur so weit kommen?
Alles begann am vergangenen Donnerstag in der Mittagspause. Ich ließ mich auf die südlichen Seite der Hochbahn am Kottbusser Tor treiben, dorthin, wo es noch nicht so hip und in ist.

Am Kotti-Imbiss kostet die Currywurst seit Jahren 1,20 und den Fettgeruch gibt's gratis dazu. Mir fiel ein verwitterter Zettel an der Scheibe neben der Durchreiche auf. Im unverwechselbaren Copy Shop-Stil der „Wohnung gesucht" - „Katze vermisst - „Schlüssel gefunden"-Zettel hing die schlichte Annonce: „DJ Peter spielt auch auf Ihrer Feier. Schlager, Klassiker, 80er - Plattenunterhaltung auf höchstem Niveau. Komisch, dachte ich, dass es so was noch gibt, und riss einen der 12 vertikal angeordneten Streifen mit einer Telefonnummer aus dem Berliner Umland ab.
Eilig verschlang ich die Wurst. Ins Büro wollte ich aber noch nicht zurück. Und ich konnte es mir erlauben, meine Mittagspause etwas auszudehnen. Schließlich hatte mich der Chef erst gestern zum besten Vertriebler der Versicherungs-Agentur gekrönt. 15 Berufsunfähigkeitsversicherungen in einer Woche.
„So wie du laberst, kannst du einem Blinden 'nen Flat-Screen aufschwatzen", kommentierte Kollegin Hildemann eifersüchtig meinen Erfolg.
Trotz Lorbeeren vom Chef hasste ich meinen Job. Ich führte ein absolutes Langeweiler-Dasein während der Rest dieser Stadt irgendwelche coolen Selbstverwirklichungsprojekte verfolgte.
Ein idealer Ort, um die zu beobachten, die ein viel geileres Leben haben als ich, ist das Café „Bateau Ivre" am Heinrichplatz. Da sitzen kalifornische Designer, die sich gerade für ein crossmediales Kunstprojekt in einem Shared Office Space eingemietet haben neben skandinavischen Musikern, die auf der Suche nach einem Platten-Vertrag bei

einem Major Label in Berlin abhängen und alles total „awesome" finden. Sie frühstücken um 14.30 Uhr und sehen dabei so verdammt glaubwürdig gerade erst aufgestanden aus.

Ich trank einen Espresso Macchiato und beobachtete mein Umfeld wie eine gierige Elster.

Am Nachbartisch saß der absolute Wichtigtuer. Schon ein bisschen verlebt, aber total gut aussehend. Die schwarze Hornbrille verlieh ihm die nötige Strenge, die er in seinem sicherlich total schicken Business brauchen würde. Ich bewunderte ihn auf den ersten Blick. Ich hasste ihn.

„McWichtig", wie ich ihn in Gedanken taufte, telefonierte hektisch: „Oh meine Scheiße, das kann doch nicht wahr sein. nd_baumdecker kann nicht auflegen? Is mir doch scheißegal, ob in Beirut eine Bombe hoch gegangen ist. Was machen wir denn jetzt im Watergate am Samstag ohne DJ! Ich brauch jemand End-Geilen, hörst du!"

McWichtig legte auf und bestellte bei der gelangweilt dreinschauenden Bedienung einen Rotwein.

Ich stand auf und blieb vor McWichtig stehen:

„Du brauchst jemand geilen?", fragte ich betont lässig und ließ DJ Peters Nummer neben ihm auf das knarzige Holz des Tisches fallen.

„Muss ma nur schnell aufs Klo. Komm gleich wieder."

Auf dem Weg zur Toilette schaute ich mich noch mal kurz um. McWichtig musterte den Zettel. Dann begann er, auf seinem iPhone rumzuhacken.

Als ich zurückkehrte, schaute mich McWichtig sehr komisch an:

„Soll das ein Witz sein? DJ Peter. Der Zettel sieht aus, als hätt'ste ihn von 'ner Laterne abgerissen."

Ich schaute sehr komisch zurück und stellte mich als Künstler-Agent Miki P. vor.

„Hallooooo? DJ Peter ist absoluter Underground! Seine Homebase ist Kiew und Manila und er legt krass geilen Elektro-Minimal-Clash auf. Warum das Speed von gestern ziehen, wenn du das Koks von morgen haben kannst?"

Ich streichelte mit den Zeigefinger unter meiner Nase entlang - so wie damals bei Wickie und die starken Männer. Dann zeigte ich auf den Papier-Streifen:

„Und du musst zugeben. Die V-Card ist absoluter Kult. Retro-Recycle-Paper-Look. Total South American Street Art, sag ich dir."

McWichtig blieb skeptisch. Miles, so stellte er sich jetzt vor, war erst vor wenigen Wochen in die Stadt gezogen und war Booking Manager im Watergate - dem coolsten Club der Stadt.

Es dauerte noch drei Glas Rotwein und einen großen Joint auf der Straße bis er sich endlich überzeugen ließ, dass DJ Peter nun wirklich der absolute Shooting-Star der DJ Szene war.

Das war Donnerstag.

Und jetzt, etwas mehr als 48 Stunden später rudere ich bei 6 Grad in der Spree.

Dass die Sache nicht gut gehen konnte, hätte ich vorhin schon an Miles Gesicht erkennen können. Vor der engen Kurve direkt vor der Oberbaumbrücke hielt ein mintgrüner Toyota Corolla mit dem Ortskennzeichen „LDS". Ein „Baby an Board"-Aufkleber hing vergilbt am Kofferraum. DJ Peter, der eigentlich Peter Klatschke heißt, war ein Mann in den späten 60ern. Er stieg bedächtig aus dem Auto und wuchtete unter angestrengtem Stöhnen einen hellbraunen Kunstleder-Koffer von der Rückbank.

Miles, der Booking-Manager stand am Eingang und starrte seinen neuen Shooting-Star ungläubig an. DJ Peter blieb ganz ungerührt. Er hatte schon auf zu vielen Kleingartenfesten, goldenen Hochzeiten und Betriebsfeiern aufgelegt, als dass er sich von den Blicken ein paar junger Leute verrückt machen ließ.

„Is hier det Water-Gate?", fragte er und quetschte sich am aufgepumpten Security-Bodybuilder vorbei.

Als dann um 22 Uhr DJ Peter den Abend mit Cindy und Berts „Hund von Baskerville" eröffnete, verschluckten die kühlen Mager-Models und ihre in Skinny-Jeans gezwängten Begleiter gleichzeitig die Zitronen-Scheiben an ihren Red Bull-Wodkas. Der Türsteher verdrehte die

Augen in Richtung Club-Manager, der gerade mit dem neuen Garderoben-Mädel knutschte.

Dort, wo sonst die Elite der Electro-DJs auflegte, gehörte heute die Tanzfläche dem deutschen Schlager. Noch glaubten alle an einen Gag. Doch spätestens als DJ Peter durch das Mikro die erste Kuschelrunde mit Nicoles „Ein bisschen Frieden" einläutete, platze Miles der Kragen.

Ich stand am Rand der Tanzfläche, nippte an meinem Moscow Mule und genoss die hilflosen Gesichter, da tauchte wie aus dem Nichts Miles hochroter Kopf neben mir auf. Er bugsierte mich hinaus auf die große Holzterrasse über der Spree.

„Warum hast du mich so in die Scheiße geritten? Der Abend kostet mich meinen Job!", schrie er und packte mich am Arm. Er schob er mich ganz an den Rand.

Seine Stimme wurde ruhiger, fast traurig:

„Bist du echt so erbärmlich, dass dir einer abgeht, wenn du jemanden verarschen kannst?"

Ich mochte Miles. Ich wollte so sein wie er.

Dann stieß er mich ins Wasser.

Vielleicht erfrier ich jetzt.

Egal - ich hab mich noch nie so lebendig gefühlt.

Jörg Olvermann

Der Backwaren-Jünger

Jörg Olvermann

PROJEKT | Perspektivwechsel (2013)
Ausgewählt von Ricarda Brücke

Arnold von Hufstein, Sohn eines Charlottenburger Zahnarztes und einer Fabrikantentochter aus Mühlheim an der Ruhr, war 31 Jahre alt, als er Berlin in Richtung Paris verließ. Er war ohne Träume dorthin gegangen, aber mit viel Ehrgeiz. Der Treibstoff seiner Karriere waren neben seinem Staatsexamen mit Auszeichnung die Erwartungen seiner Eltern.

„Mein Sohn jeht nach Paris!", verkündete der Vater mit stolzgeschwellter Brust bei seiner Pensionierungsfeier im Frühjahr 2002 im Jagdschloss Grunewald. Sieglinde, Arnolds Schwester, übernahm am selben Tag die Ku-Damm-Praxis des Herrn Papa nebst millionenschwerer Patientenkartei.

Jetzt, im Winter 2012, stand Arnold hinter dem Tresen seines neu eröffneten Cafés und verkaufte Kaffee, belegte Brötchen und allerlei Backwaren. Er war ein „Backwaren-Jünger" geworden. Dieses Wortspiel verwendete er gerne auf Partys. Doch die meisten Partygäste waren im Schnitt 10 Jahre jünger als er und wussten nicht mehr, wer Bhagwan war.

Arnold hatte wenig zu tun an diesem schneereichen Nachmittag. Er schaute den Schneeflocken beim Tanzen zu und dachte an seine letzte Therapiesitzung.

„Leiden Sie darunter, zu perfekt sein zu wollen, Herr von Hufstein? Wer verlangt von Ihnen diese Perfektion? Sie selbst? Ihr Vater?" Arnold hasste die Fragen des Therapeuten.

„Nehmen wir mal an, Herr von Hufstein: Ihr Vater und Ihre Mutter wären nicht Ihre Eltern, sondern nur Bekannte, die Sie im Ski-Urlaub kennengelernt hätten. Würden Sie nach den Ferien den Kontakt halten, eine Freundschaft aufbauen, oder wären Sie froh, wenn es eine oberflächliche Urlaubsbekanntschaft bliebe?"

Arnold lachte kurz in sich hinein: Nein, wahrscheinlich wäre es bei einer flüchtigen Begegnung geblieben. Er hatte schon seit frühester Kindheit das Gefühl, nicht dazu zu gehören zu den von Hufsteins - bei denen immer alles eine Nummer größer sein musste als nötig - die Häuser, die Autos, die Fernreisen, die Pläne für die Kinder. Für Sieglinde waren die von Hufsteins perfekte Eltern und sie die perfekte Tochter: Medizinstudium in Boston, eine kurze Ehe mit einem dänischen Möbeldesigner, ein blonder Sohn (Emil von Hufstein) als Stammhalter für Papa, die Übernahme der Praxis, Bezug einer Dachgeschosswohnung im selben Haus, eine zweite Ehe mit einem 15 Jahre älteren Chirurgen der Charité, mit dem Papa ab und an Golf spielte: Bääm!

Arnold schaute auf die Uhr. Es war 14.30 Uhr. Sein Vorrat an Croissants war aufgebraucht und die Lieferung, die eigentlich für 12 Uhr angekündigt war, verspätete sich. Hitze und Wut stiegen in ihm auf. Das hätte er wissen müssen. Ja genau, das hätte er wissen müssen. Dass der Nachschub bei den glatten Straßen länger brauchte. Er hätte einfach wissen müssen, dass er heute Morgen viel früher bestellen hätte sollen. Er hätte sich schon gestern darum kümmern müssen, als er den Wetterbericht in der Tagesschau sah.

Arnolds Gedankenkarussell nahm weiter Fahrt auf:
Jetzt würden die Kunden, von denen viele das kleine Café zum allerersten Mal betraten, angesichts des deprimierenden Warenangebots enttäuscht sein und nicht noch einmal wiederkommen. Es würde sich herumsprechen, dass er den Laden zwar „ganz nett im Sperrmüll-Retro-Style" (Original-Ton Sieglinde) eingerichtet hatte, dass er es aber einfach nicht auf die Reihe bekäme, genug Croissants zu bevorraten. Die Leute würden den in ihm erkennen, der er war, ein gescheiterter Business-Fuzzi, der mal Atomstrom in Frankreich vertickt hatte. Einer, den die Wohnung im Marais ebenso wenig glücklich machte wie die langen Strand-Spaziergänge an der Cote d'Azur mit dem standesgemäß angeschafften Weimeraner und der französischen Freundin mit

Sorbonne-Abschluss.

Die Leute würden sie ihm ansehen, die „Mode-Diagnose Burn-Out" (Original-Ton Arnolds Vater), die kleinlaute Rückkehr nach Berlin, den langen Weg durch die Psychoanalyse. Sie würden mit einer Mischung aus Verachtung und Mitleid an der pittoresken Auslage seines Cafés „Zur Steinhufe" im „schlimmsten Hipster-Neukölln" (Original-Ton Sieglinde), vorbeilaufen. Sie würden ihre Croissants wieder bei der Backfactory oder bei Thoben kaufen, er würde bankrottgehen, er müsste seine Eltern um Geld bitten.

Am Ende würde er sterben, weil er diese beschisse Lieferung mit den Croissants einfach nicht „gebacken" bekommen hat.

„Welche Technik hat Ihnen bisher am besten geholfen bei einer Panik-Attacke?", erinnerte sich Arnold jetzt seinen Therapeuten fragen.
„Einfach ins Leere schauen und atmen. Ganz langsam", kam es ihm in den Sinn und Arnold hob den Kopf und starrte geradeaus auf die sieben kleinen Bistro-Tischchen, von denen nur einer besetzt war. Ein Mann saß da, ein sympathischer Kerl mit schwarzer Lederjacke und glänzendem Haar. Er kaute nervös auf seinem linken Daumen herum und starrte seinerseits in den mannshohen Spiegel, den Arnold zusammen mit dem rostigen Hufeisen, den Eiffelturm-Miniaturen und dem hässlichen Äffchen-Bild in den Hallenflohmärkten an der Arena erstanden hatte. Der Mann schien aufgeregt, so, als würde er ebenso ungeduldig auf etwas warten wie Arnold auf seine Croissants.

Die Tür ging auf, Arnold und der Gast schauten erwartungsvoll auf, aber es waren weder die Croissants noch die Begleitung des Unbekannten, sondern nur ein zugekiffter Ami auf der Suche nach einem Schokobrötchen („Eine Pain O Schokolatt, please"). Gott sei Dank lagen davon noch ein paar in der verkrümelten Glasvitrine.

„Zweifeln Sie an den Erwartungen, die sie an sich selbst stellen. Lernen Sie sich neu kennen", hatte der Therapeut bei einer Sitzung gesagt. Und dann hatte er ein Gedicht von Rilke vorgelesen:

Du musst das Leben nicht verstehen,
dann wird es werden wie ein Fest.
Und lass dir jeden Tag geschehen
so wie ein Kind im Weitergehen
von jedem Wehen
sich viele Blüten schenken lässt.
...

Arnolds Gedanken wurden jäh unterbrochen vom Aufstoßen der Ladentür. Nicht Blüten, sondern Schneeflocken wehten herein und im Gepäck hatten sie den Croissant-Mann, der mit einem routinierten „Tach Meester!" seine Ladung hereintrug. Direkt hinter ihm betrat eine Frau mit kältegeröteten Backen das Café.
„OO-RE-LI!", rief der unbekannte Gast am Bistro-Tisch, winkte, stand auf und drückte ihr links und rechts ein Küsschen auf die Wange.

Jörg Olvermann

Zwei Frauen

Jörg Olvermann

PROJEKT | Photoshopping – Bild Wandkreis (2013)
Ausgewählt von Jörg Olvermann

Evelyns hoher Absätze knirschten im Kies. Ihr Gang war hektisch. Roberta stand bereits an der Gartentür.

„Ich bin Roberta", sagte sie und streckte Evelyn die Hand entgegen.

Evelyn blieb in sicherem Abstand stehen. Sie schob sich die große Sonnenbrille noch ein wenig höher vors Gesicht und sagte, ohne Robertas Hand zu ergreifen:

„Ich bin Herrmanns Frau."

Roberta senkte ihre Hand, dann den Blick, drehte sich um und führte Evelyn durch den Garten hin zum Bungalow. Alles schien sehr gepflegt. Kurzer, dichter Rasen, unterbrochen von Blumenbeeten und akkurat geschnittenen Büschen. Hinter dem Bungalow konnte man die Kanäle Klein-Venedigs sehen. Fast jedes Grundstück hier hatte direkten Zugang zum Wasser.

„Ich habe Kaffee und Kuchen, wenn Sie möchten ..." Roberta führte Evelyn auf die Terrasse, wo ein Gartentisch mit weiß-blauen Tellern und Tassen eingedeckt war.

„Eigentlich trinke ich keinen Kaffee um diese Zeit", sagte Evelyn, „ich bin nur gekommen, um zu sehen, wo es genau passiert ist". Sie deutete an, ins Haus gehen zu wollen.

„Ja, das verstehe ich", sagte Roberta und schritt durch die offene Terrassentür voraus. Der Bungalow bestand im Inneren aus einem großen Wohnzimmer. Eine Schrankwand aus DDR-Zeiten, ein halbhoher Couchtisch, ein schwarzes Ledersofa.

„Hier war es?", fragte Evelyn ungläubig.

„Ja, die Couch kann man ausziehen. Soll ich es Ihnen zeigen?"

„Um Gottes Willen, NEIN!", sagte Evelyn.

Roberta ließ Evelyn allein und ging weiter in die kleine Küche, die sich dem Wohnzimmer anschloss.

Evelyn schaute sich um. Sie betrachtete die sorgfältig aufgestellten Sektkelche, die Zierteller, die Platzdeckchen. Fotos in kitschigen Rahmen zeigten Roberta in jüngeren Jahren. Damals war sie sicher 20 Kilo leichter gewesen als jetzt. Ein Mann ist auf den Bildern zu sehen. Ein Mädchen mit Schultüte, daneben dasselbe Mädchen in der Mitte ihrer Eltern.

Hier war es also. Hier hatte sich Herrmann mit Roberta getroffen. Evelyn ahnte, dass er fremdging. So viele spontan verschobene Meetings, stornierte Flüge und Autopannen konnte es nicht geben. So viele unvorhergesehene Ereignisse, die meistens freitags passierten und immer eine weitere Übernachtung in Frankfurt, Zürich, Hamburg oder Prag nötig machten.

Evelyn blickte auf das schwarze Sofa, auf dem Ihre Ehe letzte Woche ihr schäbiges Ende fand. Sie sah ihn jetzt vor sich, Herrmann, 1986, in München, der BMW-Manager im Cabrio, mit sonnenblonden Locken, die vor Haargel glänzten.

„Mein lieber Scholli", waren seine ersten Worte, als er Evelyn ansprach. Sie saß allein mit ihrem feuerroten Sommerkleid im Café Roxy an der Leopoldstraße und nippte an einem Kir Royal. Im Aschenbecher qualmte eine angerauchte Lord 100 Extra vor sich hin. Der Filter war vom Lippenstift ganz rot.

Evelyn, die zu dieser Zeit von ihrem Leben die Schnauze voll hatte, zog innerhalb von ein paar Wochen zu Herrmann in das Penthouse in Harlaching. Zuerst arbeitete sie noch als Fremdsprachenkorrespondentin, mit der Geburt von Fabian gab sie das auf. Es folgten Ehejahre voller Alltäglichkeiten.

„Ich bin zufrieden mit uns", sagte Evelyn in dieser Zeit immer wieder, wenn man sie nach ihrer Ehe fragte. Das war gelogen.

2007 wurde Herrmann in den Ruhestand versetzt. Für genau 3 Monate. Länger hielt er es zu Hause bei Evelyn nicht aus.

„Komm, wir ziehen nach Berlin! Die haben mir angeboten, die Hauptstadtrepräsentanz zu leiten."

Evelyn wollte nicht nach Berlin. Zu norddeutsch, zu ostig, zu weit weg von den geliebten Bergen und dem Gardasee.

„Berlin ist doch super!", meinte dagegen Fabian.

Evelyn stimmte also zu, weil sie so Fabian länger bei sich haben würde. Er bekam eine Einliegerwohnung in der Wannsee-Villa, einen Studienplatz, ein eigenes Auto.

Roberta kam aus der Küche zurück und trug ein Tablett mit Kaffee und Pflaumenkuchen. Er duftete herrlich.

„Kommen Sie mit raus", sagte sie zu Evelyn, die ohne Widerstand der Aufforderung folgte.

„Sie wussten schon, dass er gerade einen Herzschrittmacher bekommen hat?", fragte Evelyn.

„Ja", antwortete Roberta, „aber das hat er mir erst in der Nacht erzählt, als es passierte. Er hat geprahlt, dass er eigentlich noch gar kein Viagra nehmen darf, es aber trotzdem genommen hat. Und dann ...."

„Halt", unterbrach Evelyn, „die medizinischen Details kenne ich. Der Rest interessiert mich nicht", sagte sie. Die ganze Zeit stellte sie sich vor, wie Herrmann seinen Kopf in Robertas großen Brüsten vergrub. Wie er sie an den Hüften hielt, wie er sie küsste. Herrmann war ein guter Liebhaber gewesen eigentlich und auch mit seinen knapp 70 Jahren konnte er Frauen sicher eine Menge bieten.

„Bitte, probieren Sie doch." Roberta schob Evelyn ein Stück Pflaumenkuchen auf den Teller. „Die sind hier aus dem Garten."

Evelyn kostete und schwieg. Sie dachte daran, wie sie wohl ausgesehen haben mögen. Herrmanns letzte Sekunden. Hat er gezuckt, die Augen verdreht, oder war er einfach wie ein nasser Sack auf Roberta gefallen. Und überhaupt. Woher wusste sie, dass ER oben lag?

Evelyn versuchte die Bilder aus ihrem Kopf zu tilgen. Sie aß das Kuchenstück in schnellen Bissen auf.

„Freut mich, dass es Ihnen schmeckt", sagte Roberta und ging hinein, um noch ein Stück zu holen.

Aus der Küche hörte sie Evelyn plötzlich schreien:

„So ein Biest. Du verdammtes Biest!"

Roberta rannte auf die Terrasse. Evelyn hatte die Sonnenbrille abgenommen und hielt sich die Hand an die Wange. Sie weinte.

„Entschuldigen Sie. Aber mich hat gerade eine Wespe gestochen. Da!"

Evelyn zeigte auf eine tote Wespe auf dem Kuchenteller. „Ich hab sie mit der Gabel erdrückt. Es ist alles ok. Ich bin nicht allergisch."

„Ich hole Ihnen ein Stück frische Zwiebel. Das zieht das Gift heraus", sagte Roberta und kam wenig später mit einem feuchten Tuch, der Zwiebel und einen weiteren Stück Pflaumenkuchen auf die Terrasse zurück.

Evelyn wischte sich die Tränen ab und presste sich die Zwiebel auf die Wange.
„Ich möchte mich bei Ihnen entschuldigen", sagte sie, „Sie müssen wissen, ich habe nichts gegen Sie. Er hat mich ja schließlich betrogen. Eigentlich bin ich sogar froh, dass er nicht zu irgendwelchen Nutten gegangen ist. Unsere Ehe war ja schon seit Jahren eine Katastrophe."

Roberta schluckte: „Ich bin froh, dass Sie so denken. Ich hatte Angst vor Ihnen."

Evelyn begann, das zweite Kuchenstück zu essen.
„Ich habe vorhin gesagt, dass mich der Rest nicht interessiert. Das stimmt aber nicht. Der Rest interessiert mich sogar sehr!", sagte sie und schaute Roberta tief in die Augen. Dabei bemerkte sie, dass sie beide die gleiche Augenfarbe hatten.

Roberta schenkte sich Kaffee ein und rührte viel Kondensmilch hinein. Dann erzählte sie ihre Geschichte.

Sie hatte Hermann vor vier Jahren auf dem Automobilsalon in Genf kennengelernt, wo sie für einen Messebauer arbeitete. Sie war froh, mit Mitte 50 noch mal einen so lukrativen Job bekommen zu haben und nahm das häufige Reisen zu den Messen gerne in Kauf. Wie viele Ostdeutsche war Reisen für Sie immer etwas Besonderes geblieben, und einfach so ganz selbstverständlich in die Schweiz, nach Frankreich, London oder Rom zu fahren, das war schon was. Ihre Tochter Charlotte war zu diesem Zeitpunkt ja schon lange erwachsen.

„Wissen Sie, ich habe schon einmal einen Mann ganz plötzlich verloren. Charlottes Vater saß in Bautzen wegen versuchter Republikflucht. 1988 hat er sich umgebracht."

Evelyn ließ die Kuchengabel fallen und ergriff Robertas Hand. Sie drückte sie fest.

Die zwei Frauen starrten nun beide auf das Zwiebelmuster der Kuchenteller, das irgendwann hinter dem Vorhang ihrer Tränen verschwamm. Sie weinten gemeinsam um einen Mann, der mit 68 Jahren an einer Überdosis Viagra und einem falsch eingestellten Herzschrittmacher durch erhöhte Anstrengung beim Sexualakt starb.

Irgendwann fragte Evelyn: „Hatte er eigentlich noch einen Orgasmus vor dem Infarkt?"
„Nein, so weit ist er nicht gekommen", sagte Roberta.

„Typisch", schmunzelte Evelyn, „er hat so viele Sachen nicht zu Ende gebracht in seinem Leben. Hinter unserem Haus wollte er mal ein Wand-Gemälde entwerfen. Aber mehr als einen schäbigen Kreis als Rahmen hat er nicht hinbekommen. Wenn Sie morgen nach der Beerdigung mit zu uns kommen, zeige ich es Ihnen."

Nataschas Erbsensuppe

Jörg Olvermann

Projekt | MischMash Deli (2016)
Zutaten: Krieg und Frieden, Zeitgeschichte, Schicksal
Kulturkoloss: „Krieg und Frieden" von Leo Tolstoi
Ausgewählt von Thanassis Kalaitzis

Am Cadillac Square in Downtown Detroit reiht sich zur Mittagszeit Food Truck an Food Truck. Umsäumt von den Hochhäusern der ehemals glanzvollen Autometropole warten sie geduldig auf die ersten Hungrigen, die gegen halb eins ihre mittelmäßig bezahlten Bürojobs verlassen, um sich ein bisschen frische Luft, einen Pulled Pork Burger oder ein paar fettige Enchiladas zu gönnen.

Natascha wischte sich die Finger an der weißen Spitzenschürze ab, zählte das Wechselgeld und fluchte leise. Warum nur, ähnelten sich diese verdammten Dollarscheine so sehr?

„Come on Natascha, relax!", sagte Fürst André, zupfte sich die goldene Schärpe über der Zarenuniform zurecht, und winkte eine übergewichtige Passantin heran. Mit ausladender Geste verbeugte er sich und überreichte ihr einen Flyer.

Die zückte ihr Handy, machte mit Fürst André ein Selfie und versprach, in den nächsten Tagen auf jeden Fall vorbeizukommen, denn so einen Food Truck, nein also so einen, den habe sie hier noch nie gesehen.

Natascha beobachtete die beiden, vergaß darüber das Geldzählen und das Fluchen und hielt für einen Moment inne. Hätte man ihr noch vor sieben Monaten gesagt, wo sie heute stünde, sie hätte den- oder diejenige für verrückt erklärt. Für so verrückt, wie sie sich selbst damals gerne hätte erklären lassen wollen, um ihrer Strafe zu entgehen. Aber daraus wurde nichts.

6 Monate ohne Bewährung - wegen Beihilfe zur Brandstiftung im Zusammenhang mit einer politisch motivierten Straftat. Und das alles nur, weil sie Silvio die Garage überließ und, naja, und 50 Kanister Benzin.

Aber das war ihr altes Leben, und davor hatte sie ein ganz altes und davor eins, an das sie sich nur noch erinnern konnte, wenn sie ihr Fotoalbum hervorkramte, eines der wenigen Erinnerungsstücke, das sie nach Detroit mitnahm.

Erst am Vorabend hatte sie mit Fürst Andrés Tochter Caitlin darin geblättert.

Seite 1: Natascha als 8-jährige, auf einer Wiese zwischen blühenden Apfelbäumen. Das war einige Jahre nach ihrer Ankunft in der Soldatenstadt Wünsdorf bei Berlin.

Seite 2: Natascha als 12-jährige, auf dem Schoß ihrer Großmutter, im Hintergrund die Orden des Großvaters, der im Großen Vaterländischen Krieg bis nach Berlin marschierte und der dann so stolz darauf war, dass sein Sohn als General in die DDR entsandt wurde.

Ab Seite 7 änderte sich die Qualität der Bilder. Aus den instagramfiltergleich vergilbten Fotos des Kommunismus wurden beängstigend farbtreue Glanzabzüge der Nachwendezeit.

Die 90er Jahre, das war Nataschas Kriegszeit. Kaum vorbereitet auf das kapitalistische Deutschland sprang sie von Job zu Job, von Lover zu Lover. Anatol, ihr erster Mann, ein Spätaussiedler auf dem Donezk, schlug sie. Ricardo, ihr zweiter, hinterließ 50.000 Mark Schulden und eine Hepatitis B, die nur schwer ausheilte.

Und nach dem Krieg. Kam Silvio. Ihre Liebe zu ihm war so groß wie sein Bizeps, und so breit wie sein selbstsicheres Lachen. Silvio fuhr einen BMW, managte Fitnessstudios und verkaufte Sportnahrung. Fast 15 Jahre lang sah es so aus, als hätte Natascha das Glück gefunden. Sie waren mehr als ein Paar. Sie waren ein Team. Wenn die beiden nicht gemeinsam im Fitnessstudio waren, dann saßen sie in Nataschas Küche und tüftelten an neuen Kochrezepten für Leistungssportler. Und wenn Silvio nach stundenlangem Rühren, Kochen und Probieren genug hatte, dann holte er eine Konserve aus der kleinen Speisekammer und sagte zu Natascha:

„Proteine hin oder her, die beste Nahrung für einen Sportler ist und bleibt immer noch Erbsensuppe mit Schweinebauch."

Es war so friedlich zwischen ihnen. Warum ist es einfach nicht so geblieben?

Dann stand plötzlich die Staatsanwältin auf und stach mit dem schwarzen Kugelschreiber in Nataschas Richtung:

„Sie, Frau Rostova, Sie haben durch Ihr Handeln in besonderer Weise dazu beigetragen, dass Menschen, die in unserem Land Schutz vor Krieg und Verfolgung suchen, lebensgefährlich verletzt wurden. Es ist bewiesen, dass sie im Auftrag ihres Lebenspartners Silvio Zeller 500 Liter Benzin in kleinen Rationen beschafften und in ihrer Garage für ihn lagerten. Sie haben Herrn Zeller auch eine alte NVA-Feldküche zur Verfügung gestellt, und das, obwohl sie gewusst haben mussten, dass Herr Zeller das Benzin in der Feldküche erhitzen würde, um es im Eingangsbereich der Erstaufnahmeeinrichtung an der Käthe-Koll-witz-Straße zu entzünden. Dass in den Etagen darüber bereits 35 Personen wohnten, dürften sie ebenfalls gewusst haben. Und sie wussten natürlich auch, dass Herr Zeller in der rechtsextremen Szene kein Unbekannter ist. Sie selbst haben ihn nach Zeugenaussagen immer wieder zu den Pegida-Demonstrationen nach Dresden begleitet."

Natascha weinte. Ja, sie wusste es. Aber gleichzeitig wusste sie es auch nicht. Silvio hatte nie direkt über seine Pläne gesprochen.

Er sagte nur:
„Ich verteidige mein Vaterland, so wie es mein und dein Großvater getan haben."
Natascha fand daran irgendwie nichts Schlechtes.

Am Tag ihrer Entlassung aus dem Gefängnis flog Natascha mit der ersten freien Maschine nach Moskau. Da saß sie nun, bei Tante Irina im 12. Stock eines Sowjetneubaus. Tante Irina goss Tee ein. Ihre Hände zitterten. Sie vergoss die Hälfte auf den Tisch.

„Was ist Tantchen, bist du nervös?", fragte Natascha. „Hast du etwa Angst vor mir, weil ich im Gefängnis war? Es war eine dumme Sache, ich weiß. Ich habe meine Strafe abgesessen. Ich werde hier in Moskau ein neues Leben anfangen."

„Hier in Moskau?", Irina riss ungläubig die Arme hoch, „Siehst du nicht, wie schlecht es uns allen geht? Es gibt kaum Arbeit, alles wird teurer. Wovon willst du leben?"

Natascha wischte mit einer roten Papierserviette den ausgegossenen Tee von der Tischplatte und ging schweigend in die Küche.
Tante Irina folgte ihr und legte die Arme um sie.

„Du hast ja Recht, Natascha. Ich bin aufgeregt. Aber nicht wegen dir, sondern wegen Fürst André."

Natascha löste sich aus der Umarmung und drehte sich mit großen Augen zu Irina um. Irina lachte:
„Ja, meine Kleine, Fürst André ist in Moskau und als ich ihm sagte, dass du hierher kommst, da hat er sich sofort ins Auto gesetzt. So der Moskauer Verkehr will, ist er in einer halben Stunde hier!"

Fürst André war ein Cousin zweiten Grades und Nataschas große Jugendliebe. Sie lernten sich in der Soldatenstadt Wünsdorf kennen, als André dort einen Sommer bei den Rostovs verbrachte. All die Jahre hatte Natascha, wenn sie an ihn dachte, noch den Duft der Lindenbäume in der Nase, die in jener Sommernacht blühten, als sie sich hinter dem Offizierskasino zum ersten und einzigen Mal liebten.

„Ach, Fürst André", sagte Natascha betont ungerührt, „ich dachte der lebt jetzt in Chicago".
„Detroit, mein Schatz, er lebt in Detroit", sagte Irina. „Er ist nur für ein paar Tage hier - geschäftlich. Er hat einen florierenden Handel mit alten Zarenuniformen aufgebaut, musst du wissen. Nur schade, dass er schon Witwer ist. Seine Frau hat sich wahrlich tot gefressen. Eine dicke Amerikanerin, die jeden Tag kiloweise Schokolade und süße Limonade in sich reingestopft hat. Über 250 Kilo soll sie am Schluss gewogen ... Mit einem Kran haben sie die Leiche... Die Beerdigung musste ein Tierbestatter, einer der sonst mit Nilpferdleichen und so was... Also nein, Natascha, das kannst du dir nicht vorstellen."
Natascha schaute prüfend an ihrem Körper herab. 54 war sie nun. Auch im Gefängnis hatte sie ihr Fitnessprogramm eisern durchgezogen. Ihr Körper war so ziemlich das einzige, worauf sie stolz war.
Als Fürst André in Irinas Wohnung trat, füllte seine Statur den ganzen Türrahmen aus. Verborgen in seinem dichten, mattgrauen Rauschebart erkannte Natascha sinnliche Lippen und Andrés zartgrüne Augen zeigten immer noch diese Mischung aus Sanftheit und Stärke, in die

sich Natascha damals verliebt hatte. Beide setzen sich an den niedrigen Wohnzimmertisch. Tante Irina lief in die Küche.

„Unterhaltet euch", sagte sie, „ihr habt euch ja so lange nicht gesehen."

Aber Fürst André und Natascha sprachen kein Wort. Sie schauten sich nur in die Augen. Dabei war nicht zu erkennen, ob es peinlich leere oder unendlich bedeutungsschwangere Blicke waren, die beide austauschten.

Irgendwann, endlich, brach Fürst André das Schweigen:

„Weißt du, Natascha," sagte er, „ich könnte dich jetzt fragen, wie es dir in Deutschland in all den Jahren erging, warum du im Gefängnis warst und was du jetzt in Moskau vorhast. Und du könntest mich fragen, wie es mir in Detroit geht, wie ich über den Tod meiner Frau hinweggekommen bin und wie meine Geschäfte laufen. Wir könnten auch über unseren Sommer in Deutschland sprechen, über die Nacht hinter dem Offizierskasino und warum wir uns danach aus den Augen verloren haben. Liebe Natascha, wir könnten über so vieles reden, was das Leben uns Gutes und Schlechtes beschert hat. Aber weißt du, das ist alles wertlos. Denn immer gibt es irgendwo einen Krieg und irgendwo endet einer. In meinem Leben, in deinem, in dem Leben von 7 Milliarden Menschen gibt es so viel Elend und so viel Glück zur gleichen Zeit."

Er nahm Nataschas Hand.

„Ich halte es da lieber mit Tolstoi: Das Schwierigste, aber das Wichtigste ist, das Leben an sich zu lieben, auch wenn wir leiden. Denn das Leben ist alles. Das Leben ist Gott. Und das Leben zu lieben bedeutet, Gott zu lieben.

Und deshalb frage ich dich, Natascha: Liebst du das Leben?"

Bevor Natascha antworten konnte, platzte Irina mit einer dampfenden Schüssel herein.

„Entschuldigt, dass es so lange gedauert hat", sagte sie und füllte die tiefen Teller randvoll mit Pelmeni.

Die drei aßen schnell und viel. Dabei führte Irina einen nervösen und belanglosen Monolog über Putin, Obama und wie der Westen und die Moslems die russische Kultur zerstörten. Fürst André verabschiedete sich bald, sagte, er würde in einem nahe gelegenen Hotel übernachten und am Morgen zum Frühstück noch einmal wiederkommen. Nachdem er fort war, gingen Natascha und Irina ins Bett. Die Pelmeni lagen schwer im Magen.

In dieser Nacht hatte Natascha einen merkwürdigen Traum. Sie würde Fürst André nach Detroit folgen. Sie würde dort Erbsensuppe mit Schweinebauch in der alten NVA-Feldküche aufwärmen und an übergewichtige Amerikaner verkaufen. Fürst André würde in einer Zarenuniform neben der Feldküche stehen und Werbezettel verteilen. Sie wären glücklich. Und alles, was sie bisher in ihrem Leben erlebt hatte, würde einen Sinn ergeben.

Natascha wachte auf. Sie schlug die viel zu warme Bettdecke zurück und ging ans Fenster. Hinter den rauchenden Schornsteinen konnte sie die hellen Lichter Moskaus sehen.

„Ja, ich liebe das Leben" sagte sie und lachte.

Jörg Olvermann

Abschied von etwas

Judith H. Strohm

PROJEKT | Perspektivwechsel (2013)
Ausgewählt von Ricarda Brücke

Yvonne war im Begriff die Haustür aufzuschließen. Doch plötzlich hielt sie inne, zog die Hand zurück und presste den Schlüsselbund an den Bauch. Das Metall war kühl und hart. Sie machte einen Schritt von der Tür zurück in Richtung Gehsteig, Stare lärmten in der Kastanie vor dem Haus. Von weitem schallten Stimmen und Lachen, dann zerbrach Glas, vielleicht auf dem Asphalt. In der Weserstraße standen wohl noch die letzten Gäste vor den Kneipen in der Morgensonne. Vor wie vielen Jahren war sie zum letzten Mal dort gewesen?

Früher war der Sommer für Yvonne eine einzige große Party gewesen. Schon damals hatte das Fitness-Studio, in dem sie arbeitete, vierundzwanzig Stunden geöffnet. Und Yvonne hatte gerne die Frühschichten übernommen. Meist war sie direkt von einer Party ins Studio gekommen, hatte aus dem Fenster den Sonnenaufgang beobachtet und die Vogelschwärme über der Stadt. Ab sieben Uhr hatte sich das Studio gefüllt. Sie erklärte neuen Kunden die Geräte, mixte Shakes und erledigte Papierkram. Um zwölf Uhr war ihre Schicht zu Ende und sie fuhr ohne Umwege ins Columbiabad, sprang ins Wasser und schlief dann stundenlang unter einem Baum. Zu Hause war sie in diesen Sommertagen nur, um die Kleider zu wechseln. Abends war sie wieder losgezogen, durch die Kneipen in Kreuzkölln oder zu einer Party in irgendeiner Studenten-WG.

Doch dann kam dieser Morgen, dieser eine Morgen, der alles für immer verändert hatte. Nie zuvor war Yvonne in Karlshorst gewesen, schon gar nicht in dieser Laubenkolonie. Später konnte sie sich auch nicht erinnern, mit wem oder wie sie auf die Gartenparty gekommen war. Als die Sonne hinter der Brombeerhecke aufgestiegen war, bahnte sie sich einen Weg zwischen den Partygästen hindurch, die auf der Wiese um die Laube schliefen. Yvonne lief aus dem Garten und der Kolonie hinaus auf die Straße, noch immer ziemlich bekifft, entdeckte eine Bushaltestelle, lehnte sich gegen das Wartehäuschen und hielt ihr Gesicht in die Sonne. Sie seufzte mit geschlossenen Augen und empfand diese dumpfe, irgendwie wohlige Erschöpfung nach einer durchfeierten Nacht. Und dann wurde sie geküsst. Ganz plötzlich und einfach so. Es schmeckte nach Rauch und Bier, Schweiß, Aftershave. Sie spürte Bartstoppeln und schmale Hände um ihre Taille. Yvonne öffnete die Augen. „Ich bin Raffael und du bist wunderschön", flüsterte er.

Sie hatte ihn auf der Party im Garten gesehen, aber besonders aufgefallen war er ihr nicht. Dieser Kuss und diese Leichtigkeit! Was gäbe sie dafür, dieses Gefühl noch einmal zu spüren, dieses einfach Da-Sein, ganz und gar, im Hier und Jetzt? Yvonne lehnte sich gegen die Kastanie vor dem Haus, schluckte und fühlte die Trockenheit in ihrem Mund. Auf der Rinde krabbelten Ameisen, ein dicker schwarz-blauer Käfer, ein bunter Falter setzte sich kurz und flog sofort wieder weg. Was, wenn sie einfach ginge – jetzt, sofort? Wenn sie den Schlüssel nicht ins Schloss stecken und nicht zu Raffael und Leni in den dritten Stock hochsteigen würde? Wenn sie stattdessen einfach in die Weserstraße laufen oder zum Columbiabad fahren würde? Wenn sie dort im Schatten eines Baumes auf der Wiese schlafen würde? Am Abend könnte sie wieder losziehen, dem Beat der Stadt folgen durch die Bars und Clubs, in denen sie schon lange kein Stammgast mehr war. Damals hatte Yvonne in Raffaels Zimmer ihre Unterwäsche nicht finden können und sich gefragt, ob sie sie vielleicht schon im Garten vergessen hatte. Schließlich hatte sie dort mit diesem Mädchen rumgemacht. Blond war sie gewesen, Sommersprossen im Gesicht und auf den Schultern, hatte nach Sommer und Vanille geschmeckt und Yvonnen ganz unwillkürlich an Schweden denken lassen. Sicher war sie keine Schwedin. Und trotzdem. Das schwedische Sommer-Vanille-Mädchen. Warum fiel ihr dieses Mädchen ausgerechnet jetzt ein, nach all der Zeit?

Tage später hatte Yvonne in ihrer Jackentasche einen Zettel mit Raffaels Telefonnummer gefunden. Sie hatte ihn mit einem Magneten an den Kühlschrank gehängt und gedacht, wie schön es wäre, wenn es die Nummer des schwedischen Sommer-Vanille-Mädchens wäre. Noch immer lehnte Yvonne am Stamm der Kastanie und wog den Schlüsselbund in ihrer Hand, die Sporttasche stand neben ihr auf dem Boden. Ein Mann schlurfte über den Gehweg, fleckiges Hemd, weiße Stoppeln, hinter ihm ein humpelnder zerzauster Hund. Sie hatte damals nicht angerufen. Raffael und sie waren sich begegnet und dann wieder auseinander gegangen, und alles schien gut so.

„Bitte sag nichts, gar nichts! Ich weiß alles, wirklich alles, was du mir sagen könntest. Dein Blick ist schon genug", sagte Yvonne Wochen später zu ihrer Mutter. Danach saßen sie sich lange schweigend gegenüber. Schließlich war es die Mutter, die den Zettel mit der Telefonnummer vom Kühlschrank nahm und ihn Yvonne in die Hand drückte.

„Du musst es ihm sagen. Ruf ihn an!"

Vielleicht war das der Moment, in dem sie das schwedische Sommer-Vanille-Mädchen vergessen hatte. Ganz plötzlich und einfach so.

Die Haustür flog auf und ein junger Mann in Sportkleidung kam mitfedernden Schritten heraus.

„Hey, Yvonne. Das ganze Treppenhaus riecht nach Kuchen. Hat Raffael gebacken? Hast du Geburtstag?"

„Ne, ne, der backt einfach gerne."

„Glückspilz!", rief der junge Mann.

Yvonne sah ihm nach, wie er langsam die Straße entlang joggte. Leni hatte wohl wieder nicht schlafen können. Schon seit einer Weile schlief sie unruhig, wachte häufig auf und kroch nachts ins Bett zu Raffael und ihr. Dann erzählte die Kleine mit tränenerstickter Stimme von Monstern und Geistern. Wenn Leni gar nicht mehr einschlief, stand Raffael mit ihr auf und backte Schokoladenkuchen mit Kirschen.

„Das wirklich beste Mittel gegen Monster und Geister!", hatte Raffael einmal erklärt.

Yvonne hatte ihn sehr überzeugend gefunden. Raffael wirkte so sicher, immer, von Anfang an. Er sagte „mein Schatz", wenn er Yvonne meinte, mit einer sehr weichen Stimme, und nannte Leni „mein Engelchen" seit er das erste Ultraschallbild gesehen hatte. Woher nahm er nur diese Sicherheit? Yvonne blieb noch einen kurzen Moment im Schatten des Baumes stehen, packte dann die Sporttasche und drehte den Schlüssel im Schloss. Sie ging ins Haus, der Flur war angenehm kühl. Sie wandte sich um. Der Türspalt wurde allmählich kleiner, und schließlich rastete das Schloss mit einem dumpfen Schnappen ein. Tatsächlich roch das Treppenhaus nach frisch gebackenem Kuchen. Die Sonne strahlte durch alle Fenster, auf der Wand tanzten die Schatten des Kastanienbaums. Yvonne schwang die Sporttasche über die Schulter und nahm mit leichten Schritten Stufe um Stufe. Ein strahlender Sommertag lag vor ihr.

Hamstern gehen in der Pfalz

Judith H. Strohm

2015
Ausgewählt von Jörg Olvermann

Diese Dame? Die fasziniert dich wohl? Aber ja, kann ich mich erinnern, sehr gut erinnern sogar – an diese Dame im Spätsommer '48 – als wäre es gestern gewesen.

Aber was gestern war... Ach, Kind.

Also gut.

Die Dame jedenfalls. Sie stieg vom Kutschbock hinunter und es war deutlich: Das ist sonst nicht ihr Platz.

"Selbst den Knecht haben sie eingezogen. Und jetzt ist er wohl in Gefangenschaft", sagte sie zur Begrüßung und so, als müsste sie sich für irgendetwas entschuldigen.

Mein Sepp, den Opa meine ich, mein Sepp also war da auch noch nicht zurück. Sollte erst im nächsten Frühjahr kommen. An einem Donnerstag stand er da, so plötzlich, mit eingefallenen Wangen und stumpfen Augen. Sauerkrautsuppe hätten sie gehabt, nichts als Sauerkrautsuppe dünn wie Wasser, in diesem Lager in Rumänien.

Ein Bauer hatte jedenfalls ein Schwein gebracht, und der Vater war ja Metzger und hat es schwarz geschlachtet, gab es nicht bei den Behörden an. Die hätten es ja auf kleine Portionen aufgeteilt, solche Päckchen, eingeschlagen in Fettpapier, und gegen Lebensmittelmarken abgegeben. So wenig bekam man für eine Marke, konnte man kaum eine Suppe von kochen. Mein Vater hat schwarz geschlachtet und aus dem Schwein Schinken gemacht und auch Würste. Mit dem Adoli, meinem jüngsten Bruder, wollte ich also hamstern gehen, das heißt, die Sachen eintauschen gegen das, was wir fanden. Zusätzlich hat der Vater uns einen Korb mit Möhren und Kohlrabi hinter den Kutschbock gestellt und gesagt, man weiß ja nie, was heute die Währung ist.

"Bringt mir dafür was Gutes", sagte er und versuchte dabei zu lachen. Ich dachte nur: Ja, was Gutes, hoffentlich. Und was, wenn nicht? Daran wollte ich gar nicht denken.

Als das Wetter gut war, fuhren wir los. Das Pferd vom Vater ging gut, auch wenn es damals nicht viel Futter bekam – wie wir alle.

Auf den Wegen lagen überall noch die Trümmer. Saarbrücken war praktisch zerstört, und im Winter '44/ '45 hatte es auch auf Neunkirchen und Homburg Bomben geregnet. Irgendwann war der Räumungsbefehl gekommen. Auch wir waren zuerst im Bunker, aber dann doch evakuiert.

Wir fuhren entlang der Straßen, alles kriegsversehrt, links und rechts die Ruinen, in denen aber schon wieder Leben war, sogar Säuglinge hörte man schreien.

Deine Mutter kam ja dann auch ganz schnell, als mein Sepp endlich wieder daheim und bei Kräften war.

Damals waren wir praktisch Kolonie oder französisches Protektorat. Und wir, ich kann es nicht genau sagen, irgendwie, ja, waren wir damals französisch, auch wenn wir nicht wirklich Franzosen waren. Aber auch wenn wir zu Frankreich gehörten, war dort nichts zu holen. Die hungerten doch selbst. Außerdem mochten sie die Deutschen nicht.

Zu Frankreich hin war der Schlagbaum weg, aber zur Pfalz hin gab es jetzt jedenfalls eine Grenze. Der Schlagbaum ging hoch bis abends um sechs und dann erst wieder am nächsten Morgen. Die Zöllner dösten im Schatten des Zollhauses und winkten uns durch. Heraus ging es immer leicht. Nur hinein bringen durfte man nicht alles, hinein ins Saargebiet, wie das damals hieß.

Natürlich fuhren wir zum Hamstern in die Pfalz. Der Adoli hatte gehört, dass die Tabakbauern geerntet hatten, zum ersten Mal nach dem Krieg. Tabak war beim Hamstern die beste Währung. Wir hatten doch alle kein Geld. Und jedenfalls gab es nichts mehr für Geld. Und satt wird man von Geld sowieso nicht.

In einem Dorf hatten wir den Schinken gegen ein Paar Schuhe getauscht, neuwertig waren die, schwarz und glänzend. Hoffentlich waren sie gut für den Vater, denn wenn nicht …

Am Mittag waren wir dann mit der Dame verabredet. An einer Wallfahrtskapelle, St. Pirmin. Nie zuvor bin ich dort gewesen, und ich wüsste auch nicht, dass ich später nochmal da war. Ihre Kutsche stand unter einer Linde und sie glitt also vom Kutschbock hinunter. Noch nie hatte ich eine solche Dame gesehen. Ich erinnere mich an ihre schlanke Taille, als würde sie ein Mieder tragen und ihr feines Gesicht. Und an diese Handschuhe, bestes Ziegenleder. Dass sie von einem Gut kam, glaubte ich sofort. Herrschaftlich sah sie jedenfalls aus, noch kein graues Haar. Ich dagegen: Wie eine Bäuerin, das Kleid aus so derbem Vorhangstoff, an den Füßen alte Männerschuhe. Die Dinge mussten solide sein. Geschafft haben wir viel damals, und nichts war zu schwer für uns Frauen. Die Männer waren ja noch weg. Der Vater war als erster aus dem Osten zurück. Nur der Adoli war uns als einziger die ganze Zeit über geblieben, weil er gerade so noch zu jung war für die Flak.

Die Dame jedenfalls erzählte von dem Knecht, den die Deutschen eingezogen hätten und von den Amerikanern, die sich jetzt im Gutshof ausbreiteten.

Glücklicherweise muss mein Vater das nicht mehr erleben, Gott hab ihn selig, hat sie gesagt und sich bekreuzigt.

Der Adoli war unruhig.

„Und? Gibt es jetzt Tabak oder nicht?", sagte der Adoli irgendwann.

Er war ein Heißsporn, immer ungeduldig.

Die Dame lächelte. Sie knöpfte den Mantel auf und zog ein flaches Paket heraus. Man sah nur verschnürten Stoff. Aber dann zog sie an der Kordel und die goldbraun getrockneten Tabakblätter lagen da, mit dünnen Adern wie Blutbahnen.

"Es ist nicht ganz die Vorkriegsqualität", sagte sie. Da war sie ehrlich. Aber sie wäre mit der Ernte zufrieden.

Ich bot geräucherte Würste an.

Der Adoli scharrte mit dem Schuh im Sand, dass es staubte, und ich zischte nur. Zscht! Zschscht!

Und sie fragte doch tatsächlich nach Gemüse! Ich meine, das muss man sich mal vorstellen! Ich meine, ich hatte mir vorgestellt, dass da, wo Tabak wuchs, auch anderes angebaut wurde. Ich überlegte sofort, dass, wenn sie also Gemüse wollte, ich ihr sicher die Karotten lassen müsste oder wenigstens fünf oder sechs Kohlrabi.

"Diese Amerikaner essen uns noch die Haare vom Kopf", sagte sie und ich habe verstanden, was sie meinte.

Karotten haben wir und auch Kohlrabi, sagte ich.

„Kohlrabi, wirklich, Kohlrabi?", sagte sie. Vor Ewigkeiten hätte sie welchen gegessen, noch vor dem Krieg.

Kohlrabi.

Wie ihre Augen glänzten!

Dann also ein Kohlrabi und fünf Würste, sagte ich.

„Drei Kohlrabi! Das ist der beste Pfälzer Tabak, den Sie zurzeit finden."

Ich unterdrückte ein Schmunzeln und sagte ganz schnell und bevor sie es sich anders überlegte: Zwei Kohlrabi!

Und sie streckte mir ihre Hand hin und ich ergriff das weiche Leder.

„Die sollen die Amerikaner aber nicht bekommen!", sagte sie und zwinkerte mir zu. Dann steckte sie die beiden Kohlrabi in ihre Handtasche.

Da habe ich vielleicht geguckt. Kohlrabi in die Handtasche. Wo gibt's denn sowas?

Ich habe mir vorgestellt, wie die Kohlrabi in der Tasche liegen, Seite an Seite mit einem Hornkamm, einem Taschenspiegel und einem Parfümfläschchen, dazu ein weißes, mit Bleiche behandeltes Taschentuch mit Spitze umhäkelt. Das roch nach Kernseife, vielleicht auch nach Lavendel oder Kölnisch Wasser.

Jaja, lach du nur, aber stell dir doch mal diese Nachbarschaft meiner Kohlrabi vor!

Vielleicht hat man sie später sogar auf echten Porzellantellern serviert und mit Silberbesteck gegessen. Irgendwie machten mich diese Gedanken froh.

Aber wir mussten ja noch zurück. Und der Weg war weit. Kurz vor der Grenze band ich mir das Bündel mit dem Tabak um den Leib, wickelte die Stoffbahnen um meinen Bauch und Rücken herum, dazwischen die feinen Tabakblätter. Ich dachte, dass ich jetzt auch ein feines Mieder und eine schlanke Taille hätte, zog alles glatt und darüber war ja das Kleid. Das würde niemandem auffallen, durfte niemandem auffallen. Die Einfuhr von dem Tabak ins Saargebiet hätte Zollgebühren gekostet, hohe Steuern, aber wir hatten ja kein Geld. Hamstern gehen hieß auch immer, die Sachen über die Grenze schmuggeln. Doch irgendwie hatte das alles lange gedauert, zu lange.

Was soll ich sagen?

Ach, der Schlagbaum war unten, als wir ans Zollhaus kamen.

"Morgen früh um sechs machen wir wieder auf", sagte der Grenzer. Und dann: Aber ihr könnt hier schlafen, da drin gibt es eine Zelle, dort könnt ihr euch auf die Pritsche legen, natürlich lasse ich die Tür offen.

Wie der lachte!

Ich sagte, vielen Dank, aber… Ich traute den Zöllnern nicht.

„Mädchen", hat er gesagt mit so einer ganz dunklen Stimme, „Mädchen, ich tue dir sicher nichts und hier findest du weit und breit keine Unterkunft."

Er schaute so, dass mir nichts mehr einfiel. Und der Adoli und ich gingen in das Zollhaus und in die Zelle.

Hungrig legten wir uns hin, haben nicht getraut, eine Karotte oder eine Wurst vom Wagen zu holen, weil die Grenzer uns auch leicht alles hätten abnehmen können. Und das… nein, ich wollte nicht daran denken. Also lagen wir hungrig da und hörten uns atmen. Der Adoli schlief ganz schnell ein und ich auch, so müde waren wir.

Mitten in der Nacht wurde ich wach. Mir war so heiß, das kannst du dir nicht vorstellen, und mir war schlecht. Hätte ich vorher etwas gegessen, jetzt hätte ich es ganz sicher erbrochen, so übel ging es mir. Und es wurde immer schlimmer. Kopfschmerzen. Herzrasen.

Kalter Schweiß stand mir auf der Stirn, lief über meinen Rücken, eigentlich über den ganzen Körper und ich zitterte. Siehst du, so habe ich gezittert.

Ich kann gar nicht sagen, wie elend es mir ging.

Das Nikotin kam aus dem Tabak heraus und zog in meine Haut und ich merkte, wie es schlimmer wurde, eine Vergiftung, regelrecht. Aber ich konnte ja nichts machen.

Irgendwann weckte ich aber doch den Adoli. Ich dachte wirklich, jetzt bist du gleich tot.

„Mia, halte durch", sagte der, „Halte durch! In wenigen Stunden sind wir daheim."

Noch vor Tagesanbruch gingen wir hinaus, also ich schleppte mich irgendwie ins Freie, und gaben dem Pferd einen Eimer Wasser. Ich trank auch, als hätte ich seit Tagen nicht getrunken, obwohl der Grenzer nur Brunnenwasser hatte und man konnte nie wissen, ob nicht gerade eine Katze darin ersoffen war.

Der Grenzer sah mich plötzlich ganz genau an und ich dachte schon: Oh Gott, der hat was gemerkt. Jetzt ist alles aus.

Der Grenzer sagte, ich würde nicht gut aussehen.

Meine Knie, das kannst du dir vorstellen, butterweich. Gezittert habe ich, gezittert überall.

„In anderen Umständen, wie?", sagte der Grenzer mit einem strengen Ton. Er pfiff und sah mich so von der Seite an, regelrecht unangenehm, als wäre ich eine von denen, die das Kind eines anderen kriegen, während der eigene Mann noch in Gefangenschaft ist.

Ich konnte schon nichts mehr sagen. Schwitzte und zitterte, musste mich konzentrieren, um mich aufrecht zu halten.

Noch vor sechs Uhr sagte der Zöllner plötzlich:

„Also jetzt geht schon, bevor Sie mir hier verrecken, junge Frau."

Der Adoli zog mich hoch auf den Wagen. Ich saß gekrümmt, vor lauter Schmerzen, meine Nase lag praktisch auf meinen Knien. Ich hörte nur noch das Schlagen der Hufe auf dem Asphalt.

Mach Halt!, sagte ich irgendwann in einem Waldstück und der Adoli fuhr an den Rand und drehte sich zur Versicherung in alle Richtungen. Ich riss mein Kleid auf, dass die Knöpfe absprangen und schrie: Hilf mir, Adoli, so hilf mir doch! Er zögerte, weil ich doch die große Schwester war und auch verheiratet und überhaupt. Stell dich nicht so an!, rief ich, ich brauche Luft, schrie ich, Luft!

Und unsere Hände gingen durcheinander und irgendeine Hand riss mir den Stoff vom Leib und den Tabak auch. Und die Haut und der Stoff waren schweißnass und gelb, dass es mich vor mir selbst ekelte.

Später, als der Vater die Plane auf der Ladefläche zurückschlug, fanden wir zwei Karotten. Mehr hatten uns die Grenzer nicht gelassen.

Als Metzger braucht man Kraft und – um so ein Tier zu töten – auch einen Willen. Dagegen kam ich nicht an. Gleich beim ersten Schlag ging ich zu Boden und lag da wie betäubt. Der Adoli ist sofort dazwischen und hat alles abbekommen. Als erstes kam immer der Schlag, unmäßig und roh, und wenn man am Boden lag, dann trat der Vater mit den Schlachterstiefeln auf einen ein.

„Den Tabak haben wir teuer bezahlt", sagte der Adoli später, als ich ihm einen Kräuterwickel auf die blauen Flecken gelegt habe.

Weißt du, eigentlich war er ja noch so jung, der Adoli, und ein richtiger Halbstarker, aber wo er Recht hat, hat er Recht.

Yasemin

Judith H. Strohm

PROJEKT | Sonnenallee: augmented reality (2018)
Ausgewählt von Thanassis Kalaitzis

Yasemin nippte an der Kaffeetasse, sah ihren Vater plötzlich aus dem Augenwinkel und drehte sich augenblicklich wieder in Richtung der Kaffeeküche um.

„Yasemin, hast du dich endlich für eine Firma entschieden? Wo wirst du dein Trainee machen?", hörte Yasemin die Stimme ihres Vaters in ihrem Rücken. Sie drehte sich um und lächelte ihn schweigend an. „Meine Geduld ist allmählich zu Ende, hörst du?", sagte er. Zum ersten Mal hatte Yasemin den Eindruck, dass er es ernst meinte.

Dabei stand es weder für sie noch für ihren Vater infrage, dass sie das Geschäft eines Tages übernehmen würde. Nur, dass er diese Übergabe an die Bedingung knüpfte, dass Yasemin ein Jahr lang bei einem der Brautmodenhersteller arbeitete. Der Vater stellte sich das irgendwie romantisch vor. „Du musst Erfahrungen sammeln, da draußen in der Welt", sagte er immer und wirkte dabei so antiquiert.

Sein Geschäft Istanbul brides, Istanbul nights war die unangefochtene Nummer eins in Neukölln, eigentlich sogar in ganz Berlin, wenn es um Hochzeitskleider und Abendgarderobe für Migrantinnen ging. Hier wurden edle Tücher aus Seide, Kaschmir und feinster ägyptischer Baumwolle, passend zum Kleid, wahlweise als Schleier kunstvoll mit der Frisur verwoben, mit Nadeln um den Kopf drapiert oder mit Stärke versetzt zu Turbanen geschlungen, deren Falten millimetergenau saßen. Yasemins Vater hatte diese Präzision zur Firmenphilosophie erhoben und nicht nur türkisch- oder arabischsprachige Frauen schätzten seine Genauigkeit, sondern auch Kundinnen, die einst aus dem Kongo oder Tschetschenien nach Berlin gekommen waren. Das Unternehmen bot hochwertige Kleidung für alle festlichen Anlässe und kooperierte zugleich mit Veranstaltungsorten, Catering-Services, DJs, Fotografen, Floristinnen und eigentlich allen, die für eine große Familienfeier gebraucht wurden. Istanbul brides, Istanbul nights hatte sich einen Namen gemacht als DIE Adresse zur Vorbereitung einer standesgemäßen Hochzeit.

An den Firmen, die ihrem Vater für das Trainee-Jahr vorschwebten, war erst einmal nichts auszusetzen. Die Qualität der Produkte war exzellent, nicht nur die verarbeiteten Stoffe, Spitzen, Bänder. Auch die

Art der Verarbeitung war hochwertig, noch sehr viel Handarbeit. Doch genau hier lag das Problem. Was sollte ihr ein Jahr Arbeit in einer der kleinen Manufakturen bringen? Für Yasemin war das klassische Brautmodengeschäft ein Auslaufmodell, wenn überhaupt würde sich das in der Zukunft nur mit einem großen Online-Shop und weltweitem Versand lohnen. Doch sie hatte andere Pläne. Sie würde das Unternehmen zu einem Fullservice-Anbieter in Sachen Hochzeitsplanung ausbauen - von der Verlobung bis zu den Flitterwochen. Bezüglich eines Trainee-Jahres schielte sie daher wehmütig zu den globalen Berühmtheiten, zu Richard und Emilia Rogers in New York oder Kimberly Da Silva in Atlanta. Sie planten Hochzeiten überall auf der Welt für Silicon-Valley-Milliardäre, Hollywood-Stars und Könige. Doch ihrem Vater brauchte sie mit solchen Ideen nicht zu kommen.

„Unsere Arbeit hat viel mit solidem Handwerk zu tun", sagte der, „das muss man von Grund auf lernen, wenn man gut sein will." Es war zwecklos.

Einige Tage später rief Yasemins Vater sie in sein Büro. Er saß mit einem Mann auf dem Sofa. Die beiden lachten als Yasemin den Raum betrat und wirkten sehr vertraut. Kaum sah der Unbekannte Yasemin, sprang er auf, nahm ihre Hand und verband einen Handkuss mit den Worten „Gnädige Frau, es ist mir eine Freude."

„Yasemin, mein Schatz, das ist Maximilian Drosselbart aus Wien. Er würde dich gerne ein Jahr in seiner Firma arbeiten lassen. Ist das nicht wunderbar?", sagte der Vater. Sein Gesicht strahlte und er legte den Arm um die Schulter seines Geschäftspartners.

Yasemin fiel dessen nachtblauer Anzug auf, maßgeschneidert, das perfekte Pendant zu den Drosselbart-Brautkleidern, die als Rolls Royce der Branche galten. Allesamt Kunstwerke in hochwertigstem Tüll und feinster, handgeklöppelter Spitze. Genau solche Brautkleider wollte Yasemin verkaufen, aber ganz sicher nicht ein Jahr lang bei ihrer Produktion zusehen. Ihr Vater lächelte noch immer, allerdings zunehmend verunsichert.

„Was sagst du, mein Kind?", fragte er.

Yasemin räusperte sich. „Die Drosselbart-Brautkleider sind umwerfend. Ich habe nie schönere gesehen", begann sie vor sichtig, „ich halte ihre Manufaktur jedoch nicht für den richtigen Ort für mich. Nichts für ungut, aber ich habe andere Pläne." Yasemin reichte dem verdutzten Maximilian Drosselbart die Hand, wagte nicht, ihren Vater anzusehen und ging ohne ein weiteres Wort. Auf dem Flur seufzte sie und atmete tief ein. Ihr Herz schlug als wäre sie in Brautschuhen die Treppe in den fünften Stock hinaufgelaufen. Sie hatte andere Pläne. Sie hatte es gesagt. Das allein zählte.

Kaum zwanzig Minuten später war sie erneut im Büro ihres Vaters und saß auf dem gleichen Sofa, auf dem noch kurz zuvor Maximilian Drosselbart Platz genommen hatte. Yasmin saß dort wie ein Schulmädchen, das sich einen Tadel wegen einer schlechten Note abholte.

„Wie kannst du mir das antun?", begann ihr Vater, „Wenn du dich nicht entscheidest, tue ich es! Du wirst ab Montag bei der Grimm Services GmbH arbeiten", sagte er, reichte Yasemin eine Visitenkarte und fügte hinzu: „Wage ja nicht, dort nicht zu erscheinen! Hörst du?"

Yasemin blickte ihn fassungslos an. „Aber...", setzte sie halbherzig an.

„Kein Wort mehr!", rief der Vater, „Raus!" Er wandte ihr den Rücken zu und blickte aus dem Fenster.

Am Wochenende versuchte Yasemin, etwas über die Grimm Services GmbH herauszufinden, aber außer dem Eintrag im Branchenbuch fand sie nichts. Dort stand etwas von Gebäudemanagement und Logistik. Das konnte ja heiter werden!

Die Firma lag in einem Neuköllner Hinterhof und als Yasemin das Firmenschild sah „3. Hof rechts" musste sie an die Bilder der hell erleuchteten Schaufenster von „Drosselbart Brautmoden" denken, die sie im Internet gesehen hatte.

Ein junger Mann öffnete die Tür und stellte sich mit „Nenn mich einfach Tommy" vor. In der Hand hatte er einen Schlüsselbund. „Komm! Wir müssen los.", sagte er. Sie stiegen in einen Lieferwagen und Yasemin erfuhr, dass sie künstliche Palmen durch Berlin transportieren würden.

„Wofür werden die gebraucht?", fragte sie.

„Wir bringen die Palmen. Das ist alles. Den Rest machen andere", sagte Tommy.

Sie trugen die überraschend echt aussehenden und überraschend leichten Palmen über das alte Bahngelände in Friedrichshain. Hinter halb verfallenen Lockschuppen eröffnete sich eine Freiluftbar mit großem Pool. Rings herum war geschäftiges Treiben. Schminktische waren aufgebaut, an denen Models zurechtgemacht wurden. Scheinwerfer wurden in Position gebracht, der Fotograf machte erste Probeschüsse. Kleiderstangen wurden vorbeigeschoben. Auf den Säcken, die schützend über die Kleider gezogen waren, las Yasemin: „Drosselbart, Wien".

„Ach, schau mal! Bei Drosselbart hätte ich ein Trainee sein können. Hätte, hätte..." Sie sah den Kleidern hinterher.

„Tja, jetzt biste bei mir", lachte Tommy und fuhr fort: „Ich arme Jungfer zart, ach hätt ich doch genommen den König Drosselbart!"

Yasemin sah ihn ungläubig an: „Du spinnst ja!"

In den kommenden Wochen fuhren Tommy und Yasemin noch Unmengen an künstlichen Pflanzen, Möbeln, Lampen, Geschirr für Fotoshootings, Firmenfeiern, private Anlässe kreuz und quer durch Berlin. Im Büro packten sie Tagungsmappen, stellten Teilnehmerlisten für Veranstaltungen zusammen. Yasemin schwankte zwischen demütigem Durchhalten ihres Jahres bei der Grimm Services GmbH, auch weil Tommy und sie ein gutes Team waren und finsterem Groll auf ihren Vater vor allem dann, wenn sie stundenlang Servietten für irgendeinen Empfang falten mussten.

Einmal sagte Tommy: „Heute wird es eine lange Fahrt! Es geht nach Sachsen. Spitze abholen." Nach dreihundert Kilometern hielten sie zu Yasemins Überraschung vor einem kleinen Reihenhaus. Nirgends war ein Firmenschild zu sehen.

„Hallo Tommy, wir warten schon auf dich", sagte eine ältere Frau, die ihnen die Tür öffnete. Sie stiegen die Treppen hinauf bis zum Dachboden. Dort war ein kleiner runder Tisch mit Tellern und Tassen gedeckt, in der Mitte stand ein Kuchen.

„Apfel, so wie du ihn magst, Tommy", sagte die Frau lächelnd.

Weiter hinten im Raum saßen drei weitere Seniorinnen um einen Tisch, die vor sich jeweils ein Kissen hatten, auf dem Nadeln hauchdünne Fäden fixierten. An den Fäden hingen Holzgewichte, die Klöppel, die so miteinander verdreht und verwoben wurden, dass daraus hauchfeine Spitzen entstanden.

Nach dem Kaffeetrinken trugen Tommy und Yasemin mehrere große, in Papier eingeschlagene Pakete ins Auto.

„Schaust du dir die Ware gar nicht an?", fragte Yasemin.

„Ich bin nur der Fahrer", sagte Tommy, „Abgesehen davon, ist das Zeug so teuer, über hundert Euro pro Meter. Wenn das nicht gut wäre, würden sie es sicher nicht nehmen."

„Ich hoffe, die Damen werden pauschal bezahlt und nicht pro Stunde. Oder muss man denen auch das Kaffeekränzchen zahlen?", fragte Yasemin.

„Wie gesagt: Ich bin nur der Fahrer", sagte Tommy.

Auf der Rückfahrt begann es zu regnen, dazu kam heftiger Seitenwind. Tommy hatte alle Mühe, den Lieferwagen in der Spur zu halten. Yasemin war froh, als sie endlich auf dem Hof in Neukölln standen. „Mach schnell, ja. Die Spitze darf nicht nass werden", gab Tommy letzte Instruktionen vor dem Ausladen. Yasemin nahm ein Paket und lief los in Richtung Büro. Doch im nächsten Augenblick rutschte sie aus und fiel der Länge nach hin. Das Paket landete in einer Pfütze.

„Oh, nein. Oh, nein", jammerte Yasemin, während sie auf dem Boden lag und ungläubig zusah, wie sich das Paket voll Wasser saugte.

Tommy rief: „Steh auf und heb es auf, verdammt. Heb es auf!"

Er lief herbei, hob das Paket vom Boden und trug es ins Büro.

Yasemin rappelte sich auf. In Höhe ihres rechten Knies war ein Loch in ihrer Hose, vermutlich blutete sie auch. Sie wischte sich die Haarsträhnen aus dem Gesicht und trottete Tommy hinterher.

Tommy hatte bereits weiße Stoffhandschuhe übergestreift und untersuchte das Paket.

„Ist es sehr schlimm?", fragte Yasmin.

„Das wird dir wahrscheinlich vom Lohn abgezogen", sagte er und zeigte kopfschüttelnd auf einige Meter Spitzenbordüre, die wie ein nasser, grauer Klumpen auf dem Tisch lagen. „Der Rest ist o.k."

Yasemin erkannte das Muster der Spitze sofort, Hortensienblüten.

„Wieder für Drosselbart?", fragte sie.

Tommy nickte.

„Fang bloß nicht wieder von deiner Jungfrau und ihrem König Drosselbart an!", sagte Yasemin.

Tommy grinste.

„Das muss ich gar nicht.", sagte er, „Ich glaube, noch nie hatte ein Trainee bei uns einen so harten Start wie du. Aber dein Vater wollte es so."

Yasemin war verwirrt.

Tommy streckte ihr die Hand hin. „Darf ich mich nochmals vorstellen. Thomas Drosselbart, von allen nur Tommy genannt. Willkommen an Bord!"

„Du, du verdammter...", war das Einzige, was Yasemin hervorbrachte.

„Die Grimm Services GmbH gehört zu unserem Konzern", fuhr Tommy fort und lachte, „Deine ersten drei Monate bei uns hast du überstanden. Ich bin eigentlich schon fertig mit meinem Traineeprogramm, aber den Spaß mit dir wollte ich nicht verpassen. Als nächstes schickt dich mein Onkel zu Kimberly Da Silva. Uns gehören vierzig Prozent an ihrem Unternehmen und wir hatten noch etwas gut bei ihr. Hier ist dein Ticket. Und in vier Wochen sehen wir uns in Wien."

Ungläubig blickte Yasemin auf das Flugticket und brauchte einen Moment, um zu verstehen, wie gut ihr Vater sie doch kannte.

Judith H. Strohm

Zurückkommen

Judith H. Strohm

PROJEKT | Endstation Garten Eden (2012)
Ausgwählt von Judith H. Strohm

Er hielt seine Zigarette wie damals und noch immer kannte ich niemanden sonst, der Dunhill rauchte. Für ihn kam nichts anderes in Frage. Wenn es sein musste, fuhr er für ein Päckchen auch quer durch die Stadt, wobei Dakar fast so groß ist wie Berlin. Ich mochte die Brise, die hier immer vom Atlantik her wehte und die schreienden Möwen am wolkenlosen Abendhimmel. Von der Straße schallte das Hupen der senfgelben Taxis herüber. Drinnen im alten Bahnhof wiederholte ein Techniker die Zahlenfolge des Soundchecks: Un, deux, trois – un, deux, trois – un, deux...

Ich hatte lange nicht an ihn gedacht, eigentlich jahrelang nicht, aber jetzt, wo ich hier neben ihm stand und sah, wie der Wind seine Rauchkringel über die Gleise wehte, fiel mir wieder ein, wie seine Küsse schmeckten, geschmeckt hatten. Damals war ich abgereist mit der Hoffnung, ihn auch einmal in Berlin zu küssen. Aber er hatte nicht kommen können. Was hatte ich mir auch vorgestellt? Mit der Frau und den kleinen Kindern, mit der irrsinnigen Bürokratie und dem wenigen Geld. Fast hundert Jahre war der Bahnhof nun alt, seit Jahren nicht mehr in Betrieb. Kolonialstil. Europäer fanden so etwas immer schön. Das wussten auch die Senegalesen. Für die Kunstbiennale war der Bahnhof ein wenig hergerichtet worden. Irgendwann sollte hier ein Museum für zeitgenössische Kunst einziehen, aber noch fiel der Putz an den richtigen Stellen vom dekorativen Mauerwerk. Den Rest erledigten bunte Strahler. Auch in Berlin, London oder Paris wäre dieser Bahnhof eine angesagte Location. Die Studentinnen der Kunst- und Afrikawissenschaften, die aus Frankreich, Italien und Deutschland zum Event angereist waren, wirkten beinahe ungepflegt gegenüber den Afrikanerinnen mit ihren aufwändigen Roben, dem Goldschmuck und den turmhohen Absätzen. Er deutete über die Absperrung hinweg zu den Lumpengestalten, die sich entlang der rostigen Gleise in Hütten aus Holz und Plastiktüten eingerichtet hatten.

„Vor drei Monaten wurde der Bahnhof geräumt. Es gab viel Kritik. Ich meine, die sind jetzt obdachlos", sagte er. Ich nickte stumm und dachte, dass es manchmal nicht einfach war, die Dinge auszuhalten, so wie sie nun einmal waren.

Ankommen

Judith H. Strohm

PROJEKT | Grenzallee (2022)
Ausgewählt von Judith H. Strohm

Kostja juchzt und quiekt im Rhythmus seiner Hüpfbewegungen. Die Bewegungen wirbeln Staub durch das fahle Licht der Scheune. Draußen geht ein warmer Maitag leuchtend zu Ende. Doch Kostja zieht es bei jedem noch so schönen Wetter in die Scheune, in der trotz des offenstehenden Tores immer ein diffuses Zwielicht herrscht. Dort steht das Trampolin. Hier kann er hüpfen und das ist ein großes Glück für Kostja. Auf und ab, auf und ab. Das Trampolin quietscht. Kostja lacht ein schallendes Kinderlachen.

Jetzt also ein Dorf in Brandenburg. Nach Berlin, Dakar, Montréal nun also Oderaue. Ein kleines windschiefes Haus mit einem großen Garten und einer halb verfallenen Scheune. Ich werde oft gefragt, was mich hier herausgezogen hat. Vielleicht war ich einfach müde von der Großstadt, müde von den Männern, müde von der Welt. Viele bedauern den Mangel, unter dem ich vermeintlich leide. Den Mangel an Mobilität, Einkaufsmöglichkeiten, Kultur, Internationalität. Doch ich sehe hier nur den Überfluss. Wiesen von Mohn und Kornblumen bis zum Horizont, Sonnenuntergänge in allen Farben des Regenbogens, eine schier überwältigende Anzahl von Sternen in wolkenlosen Nächten. Hier lebe ich mit den Jahreszeiten, mit dem Gemüsegarten, mit Kröten, Igeln und der Füchsin, die meine Enten holte. Hier entziehe ich mich dem Rest der Welt. Bis Gauguin bei mir auftaucht.

Ich nenne meinen Nachbarn heimlich Gauguin. Er lebte fünfzehn Jahre lang auf Tahiti, ist Maler und Lebenskünstler. Ich fühle mich ihm verbunden. Auch er ist weit gereist, auch er ist ein Zuzügler. Ich nenne ihn Gauguin, auch wenn den meisten seiner Gemälde die Farben des französischen Impressionisten fehlen. Manchmal tauchen auf seinen großformatigen Werken Blumen oder Menschen aus dem Nebel auf, schemenhaft und monochrom.

Gauguin ist Entdecker und Schatzsucher. Er findet Dinge, im Wald oder am Straßenrand, und macht sie auf wunderbare Weise nutzbar. So kam ich zu meiner Gartenbank aus alten Gerüstbohlen, diversen Töpfen und Kannen, die ich als Pflanzgefäße nutze und auch zu dem Trampolin. Gauguin brachte es eines Tages zu mir, erneuerte drei Federn und sagte:

„Wenn du mal Gäste hast. Oder für dich selbst".

Mit Gauguin habe ich zu Rauchen begonnen. Wir reden nicht viel. Wir sitzen auf der Gartenbank, blicken über die Felder und blasen Rauchkringel in den milden Abendwind. Kostjas Juchzen und sein ausgelassenes Lachen wehen zu uns herüber bis wir selbst irgendwann lachen.

Dass ausgerechnet Kostja uns zum Lachen bringt, gehört zu den Seltsamkeiten des Lebens. Kostja ist fünf Jahre alt und Autist. Wenn er mich ansieht, schaut er doch immer genau an mir vorbei. Er sagt kein Wort, doch wenn er sprechen würde, dann wäre es Ukrainisch. Ich habe Tanja, seiner Mutter angeboten, dass sie mit Kostja kommen kann, wann immer er möchte, um Trampolin zu springen. Manchmal gehe ich durch den Garten oder betrachte irgendwo einen Schmetterling. Und dann kann es passieren, dass Kostja zu mir kommt und seine kleine Hand in meine legt. Und ich spüre in diesen kostbaren Momenten, wie mich diese zarte Berührung bis ins Mark erschüttert.

Kostja sollte einfach nicht hier sein. Nicht hier sein müssen. Tausende Kilometer entfernt von seinem Vater und den beiden älteren Brüdern. Der älteste wurde gerade eingezogen. Tanja ist außer sich vor Sorge. Ich gehe zu ihr in die Scheune und lege ihr eine Hand auf die Schulter. Tanja ist gealtert in den letzten Wochen. Die Blondierung ist am Ansatz herausgewachsen, der Nagellack blättert von den Fingernägeln, an denen sie häufig kaut. Ein Lächeln huscht über ihr schmales müdes Gesicht.

Kostja hält kurz inne, schaut in meine Richtung und an mir vorbei. Dann hüpft er weiter, auf und ab, auf und ab. Er lacht und quiekt und juchzt. Das Trampolin quietscht und ich denke, dass es manchmal nicht einfach ist, die Dinge auszuhalten, so wie sie nun einmal sind.

Judith H. Strohm

Über die Autorinnen

Ricarda Brücke

geboren 1977 in Dieburg, studierte Kulturwissenschaften, Anglistik, Germanistik und Deutsch als Fremdsprache an der Universität Leipzig. Sie lebte in Kanada und Schweden und nun als Autorin und Lehrerin in Berlin. Beim Schreiben folgt sie dem Rat von Yoda: „Use your feelings, you must."

Thanassis Kalaitzis

Er arbeitete während und nach dem Studium als Radio- und Printjournalist zumeist in den Ressorts Kultur und Wissenschaft. Er ist Kulturagent der ersten Stunde (Kulturagenten für kreative Schulen) und arbeitet seit über zehn Jahren als Projektmanager* in der kulturellen Bildung. Er begleitet Kunst- und Kulturschaffende und Kulturinstitutionen als Systemischer Coach auf ihrem Entwicklungsweg.

Erste Veröffentlichung zur Fußball-EM in Deutschland in der Anti-Fußball-Anthologie. Seitdem veröffentlichte er wiederholt Kurzgeschichten in der Anthologie „Mein schwules Auge".
Es folgte „It's a quest, Baby!" als Veröffentlichung eines MischMash-Projekts im Rahmen des Kunstfestivals 48 Stunden Neukölln (Berlin). Seine Faszination ist immer noch die Science Fiction. In seinen Kurzgeschichten geht es ihm vor allem darum, Literatur als die Kunstform zu nutzen, die eigene Realitäten kreiert.

Wichtige Projekte / Ausstellungen:
Circus. In: Stimmen aus dem Abseits, konkursbuch 45, 2006,
LiebesModell. in: Mein schwules Auge 7, konkursbuchverlag, 2010
Ventura Highway. in: Mein schwules Auge 8, konkursbuchverlag, 2011
Farbkreis. in: Mein schwules Auge 9, konkursbuchverlag, 2012
Vom Lauschen und Schweben. in: Mein schwules Auge 10, konkursbuchverlag, 2013
It's A Quest, Baby! ISBN::3755742300, 2014

Jörg Olvermann

geboren 1971, arbeitet als Konzepter und Texter für digitale Medien. Seine Geschichten verarbeiten den Berliner Alltag, absurde Tag- und Albträume, große Phantasien und flüchtige Gedanken. Trash oder Literatur? Alles ist drin.

Judith H. Strohm

Judith H. Strohm, geboren 1978, ist Diplom-Politologin und arbeitet als Projektmanagerin in einer Bildungsstiftung. Ihr Herz gehört der Kurzgeschichte, in der sie vielfältige gesellschaftspolitische Themen aufgreift und mit immer neuen Formen spielt. Nach über 20 Jahren in Berlin wohnt sie nun in Ostbrandenburg. Gegenüber den urbanen Lebenserfahrungen nehmen die Einflüsse dieses Landlebens auch in ihren Texten immer mehr Raum ein. Judith sagt zu diesem Ortswechsel: „Der Umzug von Berlin nach Brandenburg war ein Wegzug aus der Komfortzone. In Brandenburg gibt es mehr Reibung und die Erkenntnis, dass es viel mehr als Schwarz und Weiß gibt, unendlich viele Schattierungen dazwischen."

10 JAHRE LITERARISCHE EXPERIMENTE
EINE ÜBERSICHT

2012

Endstation Garten Eden?
Kurzgeschichten reflektieren den Garten Eden und dessen
Verlust (Lieblingsprogramm Judith H. Strohm S. 14)
(mit musikalischem   Programm durch Daniele
Melchiori)

2013

Stelldichein - Die Laubenlesung
Aus den Wünschen des Publikums vom Wunschbaum des
Jahres 2012 entstehen Geschichten aus jeweils vier Perspek-
tiven (Lieblingsprogramm Ricarda Brücke S. 11).
(Livezeichnung und Skizzen mit Roey Victoria Heifetz)

2014

It's a Quest, Baby!
Vier Geschichten, die dem Modell der „Heldenreise" folgen. Alle Autor:innen entwickeln ihre Story kooperativ
mit bildenden Künstler:innen

Als Ebook und BoD erhältlich (Link über QR-Code)
Als Podcast bei SoundCloud nachzuhören

2015

savemelyrics48.nk
Geschichten über Pop-Songs, in denen jemand jemanden
rettet oder jemand jemanden um Rettung bittet.

2016

MischMash Deli - Literaturhäppchen to Go
Als Restaurantmenü zusammengestellte und bestellbare
kurze literarische Formate, die von den großen Romanen
der Weltliteratur inspiriert sind.

2017

Im Bann der Schatten
Eine ko-kreativ entwickelte Verschwörungs- und Weltret-
tungsgeschichte, für die alle Autor:innen alle Teile der Story
füreinander geschrieben haben.
(In Zusammenarbeit mit der bildenden Künstlerin Frankie
Morgan entstehen vier Figuren und ein Gemälde)

2018

Sonnenallee: augmenting reality

Auf dem „Boulevard der Dämmerung" sammelten wir Fotos, wählten vier aus und erzählten jeweils alternative Geschichten dazu.

2019

Time flies

Die Geschichte einer Band, die 1999 ihren Welthit hatte und dann plötzlich verschwand. Im Jahr 2019 begegnen sich die Bandmitglieder nach langer Pause wieder. In Kooperation mit der Filmerin Anisha Cornips entsteht ein Musikvideo der Band / Vertonung und Produktion des Hitsongs durch KelseyBrae (Lieblingsprogramm Jörg Olvermann S. 11)

2020

MischMash Explo(ration) 2020

Die vier Elemente sind Grundlage für Kurzgeschichten und werden durch die Tänzerin Giedre Paplaityte (aka Dizzy Ella) mit Videos von Anisha Cornips begleitet.

2021

MischMash on air: Liebe.Leute!

(Eine Radioshow zum Bingen) Eine ungewöhnliche Vierer-WG entdeckt ein Geheimnis und verfolgt es in vier Folgen einer Hörspielserie. Alle vier Episoden sind nachzuhören auf SoundCloud (Link über QR-Code)

2022

Grenzallee

10 Jahre Stories von MischMash. Wir besuchen unsere Figuren aus dem Jahr 2012 wieder und erzählen, was aus ihnen geworden ist.

MischMash Online

Our Facebook

MischMash on YouTube

Website MischMash